新课标·小学生语文课外阅读丛书

格列佛游记

世界知识出版社

图书在版编目(CIP)数据

格列佛游记 /(英)斯威夫特(Swift, J.)著;徐娥改编.
一北京:世界知识出版社,2006.1
(小学生语文课外阅读丛书)
ISBN 7-5012-2759-4

Ⅰ.格… Ⅱ.①斯…②徐… Ⅲ.长篇小说—英国—近
代—缩写本 Ⅳ. I561.44

中国版本图书馆 CIP 数据核字(2005)第 151056 号

新课标·小学生语文课外阅读丛书

格列佛游记

出版策划: 知信文化
责任编辑: 王瑞晴 原业伟 贺伟华
出   版: 世界知识出版社
印   刷: 世界知识印刷厂
经   销: 全国新华书店
开   本: 880毫米×1230毫米 1/32
印   张: 6
版   次: 2006年1月第1版
印   次: 2006年1月第1次印刷
定   价: 10.00元

前言 Qianyan

　　让我们的孩子走近经典，阅读名著，已经成为社会各界人士和众多家长的共同愿望。它会带给孩子们快乐、惊喜……

　　孩子还处于一切都未定型的阶段，一切都可以从头设计，如果予以正确的指导，他们将有无可限量的未来。而从培养孩子健康人格的角度出发，引导、鼓励孩子读名著就是必要的。并且，名著会为孩子们缤纷的童年增添更多的精彩，使童年生活更为充实。法国思想家笛卡尔曾说："阅读优秀名著就像和高尚的人进行谈话，这些伟人在谈话中向我们展示的是他们的智慧思想。"

　　在此，我们特地精心编绘了这套少儿读物，汇集了十部在全世界影响巨大的著作。这些文学名著已被翻译成各种文字在世界各地广为流传。其中，《钢铁是怎样炼成的》展示了保尔坎坷而壮丽的一生，使孩子们能从中获得战胜困难、超越自我的精神；《爱的教育》一书中，孩子之间纯洁的友情、父母和师长对儿童的关爱，陪伴一代又一代的孩子成

长;《昆虫记》则带孩子们去昆虫的王国探索,获得有趣的自然知识;还有《海底两万里》、《环游地球八十天》、《格列佛游记》……这些名著有利于培养孩子们良好的习惯和心理素质。

本套丛书适合少年儿童阅读,是一套优秀的课外读物。以其简洁、洗练的内容,优美、通俗的语言和鲜明、精美的图画等优点,领先于同类书籍。并且,全书标注汉语拼音,便于独立阅读。孩子们可以兴趣盎然地走进名著的世界,轻松愉快地徜徉于知识的海洋。希望它们能陪伴每个孩子走过健康、幸福的童年,奔向美好的未来。

目 录
Mulu

目录 Mulu

目 录
Mulu

[英国] 乔纳森·斯威夫特

yī hǎi shang yù nàn
一、海上遇难

gé liè fó shì nuò dīng hàn jùn yí gè pín qióng jiā tíng de hái·zi
格列佛是诺丁汉郡一个贫穷家庭的孩子,

zài jiā li wǔ gè ér zi zhōng pái háng lǎo sān
在家里五个儿子中排行老三。

shí suì de shí hou bà ba sòng tā dào jiàn qiáo de yī màn niǔ ěr
十岁的时候,爸爸送他到剑桥的伊曼纽尔

xué yuàn qiú xué zài nà er tā yì dāi jiù shì sān nián
学院求学。在那儿,他一待就是三年。

yóu yú jiā tíng fù dān jiào zhòng xué sheng shí dài de gé liè fó jiù
由于家庭负担较重,学生时代的格列佛就

bù dé bù gěi lún dūn zhù míng de wài kē yī shēng zhān mǔ sī bèi cí
不得不给伦敦著名的外科医生詹姆斯·贝茨

xiān sheng zuò xué tú yīn wèi fēi cháng xǐ huan háng hǎi jiā men de mào xiǎn
先生作学徒。因为非常喜欢航海家们的冒险

gù shi tā yòu yòng kè yú shí jiān xué xí le shù xué hé háng hǎi zhī shi
故事,他又用课余时间学习了数学和航海知识,

xī wàng yǒu yì tiān kě yǐ shí xiàn tā hǎi shang háng xíng de mèng xiǎng
希望有一天可以实现他海上航行的梦想。

sì nián de xué tú shēnghuó hěn kuài jiù guò qù le　　zhī hòu　　zài
四年的学徒生活很快就过去了，之后，在

qīn yǒu de zī zhù xià　　gé liè fó yòu dào lái dùn xué le liǎngnián líng qī
亲友的资助下，格列佛又到莱顿学了两年零七

gè yuè de yī xué cóng lái dùn xué mǎn guī lái　　zài bèi cí xiānsheng de
个月的医学。从莱顿学满归来，在贝茨先生的

tuī jiàn xià　　gé liè fó dāng le　　yàn zi hào shāngchuánshang de　yì míng
推荐下，格列佛当了"燕子号"商船上的一名

wài kē　yī shēng
外科医生。

hòu lái　　tā hé bó dùn jiā de xiǎo jiě chéng le　qīn　　yú shì tíng
后来，他和伯顿家的小姐成了亲，于是停

zhǐ　le　hǎishangshēnghuó　　liú zài lún dūnchéng li　gěi bìng rén kàn bìng
止了海上生活，留在伦敦城里给病人看病。

kě shì rì zi duì gé liè fó lái shuōbìng bù hǎo guò　　zì cónghǎo xīn
可是日子对格列佛来说并不好过。自从好心

de bèi cí xiānsheng qù shì hòu　　tā de shēng yì rì jiàn xiāo tiáo　　gé
的贝茨先生去世后，他的生意日渐萧条。格

liè fó kāi shǐ huáiniàn dà hǎi le
列佛开始怀念大海了。

yì huǎng yòu shì sān
一晃又是三

nián zài　líng yáng hào　wēi
年，在"羚羊号"威

lián　　pǔ lǐ chá dé chuán
廉·普理查德船

zhǎng de shèngqíng yāo qǐng xià
长的盛情邀请下，

gé liè fó yòuchóng xīn kāi shǐ
格列佛又重新开始

le háng hǎi shēnghuó　zhè yí cì
了航海生活，这一次

是去南太平洋一带。1699 年 5 月 4 日，他们从英国南部的布里斯托尔海港起航。

最初的几天，太平洋上风平浪静。但在去往东印度群岛的途中，他们遇上了强烈的风暴。船员中十二个人因为操劳过度和饮食恶劣而丧生，其余的人也很虚弱。而且，这一带正值初夏季节，海面上总是弥漫着大雾，刮着狂风。

11 月 5 日，在离船三百英尺的地方，水手们发现了一块巨大的礁石，可是已经来不及了，风卷着大船向礁石冲去，大船被撞成了碎片。

格列佛和另外五个船员幸运地跳进了一条救生船中，但没过多久，大家就没有力气

huá chuán le　　zhǐ hǎo zài hǎi shang suí bō piāo liú　　dà yuē bàn gè xiǎo
划船了，只好在海上随波漂流。大约半个小

shí zhī hòu　　hū rán yí zhèn kuáng fēng cóng běi fāng chuī lái　　jiāng xiǎo chuán yí
时之后，忽然一阵狂风从北方吹来，将小船一

xià zi xiān fān le　　děng dào gé liè fó jiān nán de fú chū shuǐ miàn shí
下子掀翻了。等到格列佛艰难地浮出水面时，

huǒ bàn men dōu bú jiàn le　　sì zhōu zhǐ shèng xià yí piàn máng máng de hǎi shuǐ
伙伴们都不见了，四周只剩下一片茫茫的海水。

gé liè fó jué wàng le　　dàn tā yì xiǎng dào jiā li hái yǒu měi lì
格列佛绝望了，但他一想到家里还有美丽

de qī zi hé kě ài de ér zi　　tā jiù bù xiǎng sǐ　　tā pīn mìng de
的妻子和可爱的儿子，他就不想死。他拼命地

yóu a　　yóu a　　tū rán　　jiǎo xià yí yìng　　gé liè fó míng bai zì jǐ
游啊，游啊，突然，脚下一硬。格列佛明白自己

yǐ jīng jiē jìn hǎi tān le
已经接近海滩了。

shēng huán de xǐ yuè ràng gé liè fó quán shēn chōng mǎn le lì liang
生还的喜悦让格列佛全身充满了力量，

tā màn màn de pá shàng shā tān　　zǒu le yì yīng lǐ de lù　　què méi yǒu
他慢慢地爬上沙滩，走了一英里的路，却没有

fā xiàn yí gè rén yǐng zi
发现一个人影子。

shī wàng jǐn gēnzhe xī wàng
失望紧跟着希望，

ràng gé liè fó gǎn jué pí bèi bù
让格列佛感觉疲惫不

kān　　hòu lái　　tā zài yě zǒu
堪。后来，他再也走

bu dòng le　　tǎng zài yí piàn cǎo
不动了，躺在一片草

dì shang hān rán rù mèng
地上酣然入梦。

[英国] 乔纳森·斯威夫特

 èr　　xiǎo rén guó bèi fú
二、小人国被俘

yí jiào xǐng lái　tiān yǐ jing dà liàng　gé liè fó xiǎngzuò qǐ lái
一觉醒来，天已经大亮。格列佛想坐起来，

què dòng tan bù dé　tā zhè cái fā xiàn zì jǐ de gē bo　tuǐ hé tóu
却动弹不得，他这才发现自己的胳膊、腿和头

fa dōu bèi láo láo de bǎng zài dì shang　xiàn zài tā zhǐ néng xiàng shàng
发都被牢牢地绑在地上。现在他只能向上

kàn　kě chú le tiān kōng shén me yě kàn bu dào　guò le yí huì er
看，可除了天空什么也看不到。过了一会儿，

zhōu wéi chuán lái yí piàn cáo zá shēng　hái yǒu shén me dōng xi zài tā de
周围传来一片嘈杂声，还有什么东西在他的

zuǒ tuǐ shang màn màn de rú dòng zhe　yuè guò xiōng pú　jǐ hū pá dào tā
左腿上慢慢地蠕动着，越过胸脯，几乎爬到他

de xià ba qián　gé liè fó jìn lì wǎng xià kàn　tiān na
的下巴前。格列佛尽力往下看，天哪！

yuán lái shì yí gè shēn cháng bù mǎn liù yīng cùn　shǒu chí gōng jiàn
原来是一个身长不满六英寸，手持弓箭，

bèi fù jiàn dài de xiǎo rén　hòu mian hái gēn zhe sì shí lái gè tā de tóng
背负箭袋的小人，后面还跟着四十来个他的同

5

lèi
类。

gé liè fó yòu nǎo yòu jīng měnghǒu yì shēng
格列佛又恼又惊，猛吼一声：

nǐ men shì shuí kuàicóng wǒ shēnshanggǔn kāi
"你们是谁，快从我身上滚开！"

nà xiē xiǎo rén tīng dào tā de hǒushēng xià de diào tóu jiù pǎo
那些小人听到他的吼声，吓得掉头就跑。

dàn shì tā men hěn kuài yòu huí lái le yí gè dǎn dà de jìng rán zǒu
但是，他们很快又回来了。一个胆大的竟然走

dào gé liè fó de yǎn qián jǔ qǐ shuāngshǒu tái qǐ tóu jiānshēngjiào
到格列佛的眼前，举起双手，抬起头，尖声叫

hǎn zhe
喊着：

hǎi qín nà dé gǔ ěr hǎi qín nà dé gǔ ěr
"海琴那·德古尔！海琴那·德古尔！……"

gé liè fó gēn běn bù zhī tā men zài yī yā xiē shén me bú guò
格列佛根本不知他们在咿呀些什么，不过，

xiàn zài tā yě wú
现在他也无

xīn qù zhù yì zhè xiē
心去注意这些。

yì zhí zhè me
一直这么

tǎng zhe gé liè
躺着，格列

6

佛非常不舒服。他用力地拔出左臂，绳索居然

给他挣断了。然后，他又使劲儿扯了一下，发

现头发已经和绳索结在一起了，不过头可以稍

稍转动了。格列佛"呼"地伸出手，想要抓住

小人，却给他们一溜烟地跑掉了，其中还有一

个大叫着：

"托尔戈·奉克！托尔戈·奉克！"

立刻有无数支像针一样的

小箭射到格列佛的身上，像

欧洲的炮弹一样；有的还试图用长矛在格列佛的腰间乱刺。幸好，他穿得很结实——那件米黄色的牛皮背心终于派上用场了。

后来格列佛感觉自己越挣扎，小人们的攻击就越猛烈。于是，格列佛想：我还是安安静静地躺着吧。果然，小人儿们也按兵不动了。

大概过了一个小时，周围越来越吵。格列佛循声望去，看到在他的右耳边的空地上，不知什么时候已经竖起了一个一英尺半高的平台和两副用来攀登的小梯子。台上，一个大臣模样的人靠近格列佛的耳

duo jī ji gū gū le yí zhèn dāng rán gé liè fó yí gè zì yě
朵"叽叽咕咕"了一阵。当然,格列佛一个字也

méi yǒu tīng míng bai
没有听明白。

zhè ge dà chén bǐ zhōu wéi de sān gè shì cóng dōu gāo dàn yě zhǐ
这个大臣比周围的三个侍从都高,但也只

yǒu gé liè fó zhōng zhǐ nà me cháng dà chén kàn shàng qù sì hū hěn yǒu
有格列佛中指那么长。大臣看上去似乎很友

hǎo yú shì gé liè fó de tài dù biàn de shí fēn wēn shùn tā hái bú
好,于是,格列佛的态度变得十分温顺,他还不

zhù de bǎ shǒu zhǐ fàng zài chún shang biǎo shì
住地把手指放在唇上,表示

tā è le gé liè fó dí què shì è
他饿了。格列佛的确是饿

jí le tā yǐ jing yǒu
极了,他已经有

yì tiān duō méi chī dōng xi le
一天多没吃东西了。

dà chén hěn kuài lǐng
大臣很快领

huì le gé liè fó de yì
会了格列佛的意

si zài tā de zhǐ huī xià yì bǎi duō gè xiǎo rén er zǒu shàng tái
思。在他的指挥下,一百多个小人儿走上台,

bǎ chéng mǎn ròu hé miàn bāo de xiǎo lán sòng dào gé liè fó de zuǐ biān
把盛满肉和面包的小篮送到格列佛的嘴边。

gé liè fó yì kǒu jiù tūn xià sān kuài ròu liǎng piàn miàn bāo zhè ràng xiǎo
格列佛一口就吞下三块肉、两片面包,这让小

rén er men shí fēn jīng yà rán hòu gé liè fó yòu zuò shǒu shì yào shuǐ
人儿们十分惊讶。然后,格列佛又做手势要水

hē xiǎo rén er men shú liàn de diào qǐ yì zhī tóu hào dà tǒng dǎ kāi
喝。小人儿们熟练地吊起一只头号大桶,打开

9

桶盖，一阵酒香飘来，味道很像淡味葡萄酒。

格列佛接连喝了两桶，都是一饮而尽，还想再

喝时，小人儿们却什么都拿不出来了。

小人们看着格列佛吃完，兴奋地在他胸脯

上手舞足蹈，一遍一遍地高喊着：

"海琴那·德古尔！"

其实，精力恢复了的格列佛已经可以很容

易就挣脱绳索，获得自由，但

他实在不愿伤害这群善良

的小人们。他安静地躺着，

指指脸颊，上面的箭伤有

的化了脓，隐隐作痛。小

人们立刻会意了，他们

拿出一种很香的油膏，

涂抹在格列佛的手臂和脸颊上；

不到几分钟，所有的伤口竟奇迹般地愈合了。

[英国] 乔纳森·斯威夫特

三、格列佛被运往京城

大概皇帝早有令下，在为格列佛准备大量
丰盛的食物的时候，国内最出色的能工巧匠
们早已造出一辆巨大的二十二轮机器。等到
搀在酒里的安眠药药性发作时，酣睡的格列佛
已经在运往京城的路上。

京城离格列佛被抓的地方其实只有半英
里远，然而对这群小人儿来说，要将巨人格列
佛平安护送到那里实在是项很艰巨的任务。经
过四个小时的颠簸，他们终于到达了京城附

11

近的一座古庙前。庙门有四英尺高，两英尺宽，
这样，格列佛可以方便地爬进去休息。小人们
还在格列佛的左腿上缠上九十一条铁链，再
用三十六把挂锁将铁链锁紧。在古庙的对面
是一座塔楼，距庙二十英尺，楼高五英尺。皇
帝和大臣们登上楼，纷纷观看巨人——格列佛。

第二天清晨，被拴住一
只脚的格列佛，从古庙里爬
了出来。他站立起来，
望望四周。"啊，太美
了！"他惊叹着。整个

京城像一具精致的城市建筑模型，有田野、花园、树林、宫殿……还有无数，也许十万，来观看格列佛的小人儿。

突然，喧闹的人们一下子无声无息了。一个马队簇拥着一个小人向格列佛走来。小人下了马，在链子外的空地上，惊讶地打量着格列佛。然后，他挥挥手，命令一队小人推出二十车熟肉和十车美酒。这位指挥者，就是他们至高无上的皇帝，他非常醒目，

13

其他的大臣和骑士高出一个指甲盖。他的容貌雄健威武，长着奥地利人的嘴唇，鹰钩鼻和茶青色的皮肤，使他看起来很庄严。

为了感谢小人们的食物，格列佛躺下来，让他们看得更清楚些。虽然有军队维护秩序，围观的人群还是不断地向前挤。有人竟然向格列佛放箭，其中一支射在了他的左眉上。皇帝下令逮捕了六个罪魁祸首，把他们押在格列佛够得着的地方。格列佛一把抓住他们，五个放进口袋里，第六个送到嘴边，做出要生吃的模样。小家伙马上吓得号啕大哭起来，围观的人们也惊恐万分。出乎人们的意料，格列佛微笑着释放了他们。

[英国] 乔纳森·斯威夫特

sì guì zú men de yóu xì
四、贵族们的游戏

　　gé liè fó de kuān hóng dà liàng huò dé le xiǎo rén guó jū mín de
　　格列佛的宽宏大量获得了小人国居民的
hǎo gǎn　rén men yǒu shí hou huì zài tā de shǒu zhǎng shang tiào wǔ　dǎn
好感。人们有时候会在他的手掌上跳舞,胆
zi gèng dà xiē de nán hái hé nǚ hái men　hái gǎn pǎo dào tā de tóu fa
子更大些的男孩和女孩们,还敢跑到他的头发
li wánzhuō mí cáng　huáng dì hái pài qiǎn zhuānmén de xué zhě jiāo tā xiǎo
里玩捉迷藏。皇帝还派遣专门的学者教他小
rén guó de yǔ yán　yú shì　gé liè fó hěn kuài zhī dào zhè ge guó jiā
人国的语言。于是,格列佛很快知道这个国家
jiào lì lì pǔ tè, jīngchéngjiào mì ěr dūn duō
叫利立浦特,京城叫密尔敦多。

　　yǒu yì tiān huáng dì yāo qǐng gé liè fó guānkàn tā men de biǎoyǎn
　　有一天,皇帝邀请格列佛观看他们的表演,
qí zhōng zuì shèng dà de shì shéng wǔ　zhèng zài hòu bǔ zhòngyào guān zhí huò
其中最盛大的是绳舞,正在候补重要官职或
xī wànghuò dé cháo tíng ēn chǒng de rén dōu huì lái cān jiā biǎo yǎn　shéng
希望获得朝廷恩宠的人都会来参加表演。绳

15

舞者通常在一根长约两英尺，离地面十二英寸高的白色细绳子上作表演。据说，财政大臣佛利姆奈浦，在拉直的绳子上跳舞，比全王国任何一位大臣至少要高出一英寸。当然，危险是存在的，格列佛就有两次亲眼看见有人跌断了胳膊和腿。

每逢盛大的节日，皇帝都会准备三根颜色分别为紫、黄、白的精美丝线，奖给胜利者，这是一种荣誉。朝廷里，就有不少人将这些六英寸长的丝线绕在腰间。为了尽快博得皇帝和大臣们的欢心，获得自由，格列佛也表演了一种特别的游戏来取悦他们。格列佛拿出八根木棍，把它们牢牢地插在地上，摆成一个正方体。接着，他把一方手帕平铺并系紧在距木棍顶端五英寸的地方。最后，他又取出四根木棍，横着用来当做高台的栏杆。经过皇帝的同意，格列佛用手把骑兵团送上高台，进行小规模的军事演习。

"太棒了！"

"皇上，您的军队真是勇猛无比啊！"

听到格列佛和群臣的赞美，皇帝高兴极了，甚至亲自上台指挥；还和大臣、妃子们站在高处，饱览了操练的全景。

[英国] 乔纳森·斯威夫特

五、格列佛获得自由

格列佛的宽宏、善良和智慧赢得了人们一致的好评。终于，皇帝同意在内阁会议上讨论他的自由问题。自从在这个国家被擒以后，自由就成了格列佛梦寐以求的东西。最近，他已经向皇帝递上许多奏章，请求恢复自由。虽然海军大臣博尔·戈兰姆坚决反对，但是格列佛的请求还是得到了皇帝的批准。

然而，这种批准不是无条件的，格列佛需要为他的自由付出代价——他要宣誓，表明遵

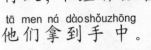

shǒu zhào shū tiáo kuǎn
守诏书条款：

　　yī　méi yǒu jiā gài wǒ guó guó xǐ de xǔ kě zhèng　bù dé shàn
一、没有加盖我国国玺的许可证，不得擅

zì lí kāi běn tǔ
自离开本土。

　　èr　méi yǒu dé dào mìng lìng　bù zhǔn shàn zì jìn rù shǒu dū　rú
二、没有得到命令，不准擅自进入首都；如

jīng tè xǔ　jū mín yīng gāi zài liǎng gè xiǎo shí qián jiē dào tōng zhī　duǒ
经特许，居民应该在两个小时前接到通知，躲

zài jiā li
在家里。

　　sān　zhǐ néng zài dà dào shang xíng zǒu　bù néng suí biàn jìn rù cǎo
三、只能在大道上行走，不能随便进入草

dì hé zhuāng jia dì li
地和庄稼地里。

　　sì　zài dà dào shang shí　yào xiǎo xīn bì miǎn shāng dào chē mǎ hé
四、在大道上时，要小心避免伤到车马和

xíng rén　bù jīng bǎi xìng zì jǐ tóng yì　bù néng jiāng
行人；不经百姓自己同意，不能将

tā men ná dào shǒu zhōng
他们拿到手中。

　　wǔ　rú guǒ xū yào chuán dì jí jiàn，yīng gāi
五、如果需要传递急件，应该

将信使连人带马装进口袋，一月一次跑完六天的路程；还应该将信使安全地送到皇帝驾前。

六、应和我国联盟，共同迎战不来夫斯库岛的敌人，竭尽全力摧毁正准备向我们发起进攻的敌军舰队。

七、空闲时，要帮助我们抬巨石，建房屋。

八、要用沿海岸线步行的计算方法，在两个月内，呈交一份疆域测量报告给皇帝。

九、如果郑重宣誓，每天可以得到足以维持我国一千七百二十八个国民生活的食物和饮料；可以随时拜见皇帝，同时享受皇帝的其他恩典。

我皇登基以来，第九十一月十二日，于伯尔法勃拉克宫。

也许你已经发现了，诏书上的条款有些并

不那么体面，这也难怪，因为它是格列佛的宿

敌博尔戈兰姆亲自起草的。不过，格列佛还是

欢喜地宣了誓，并在条款上签了字。不管怎

么说，锁链解开后，他就可以获得自由了。

[英国] 乔纳森·斯威夫特

六、密尔敦多之行

密尔敦多，就是小人国的京城。在前面的故事中，我们已经知道格列佛由于身体太庞大了，所以只在古庙外瞟了几眼，没有看仔细。现在，格列佛获得自由了，他被允许进城参观。

京城由高两英尺半，宽至少有十一英寸的城墙环绕着，城墙两侧每隔十英尺，就是一座坚固的塔楼。这座城市是一个标准的正方形，每边城墙长五百英尺。两条大街各宽五英尺，十字交叉又将全城分为四个部分。格

列佛跨过西大门，侧
着身子穿过两条大街。
没想到，阁楼的窗口
和房顶上早已
挤满了看热闹
的人。

皇宫在
全城的中心，
在两条大街的交
会处。它的四周
是高两英尺的围墙，
宫殿离围墙还有二十英尺。
宫殿的外院，约有四十英尺见方，它又包
括两座宫院。外院的建筑有五英尺高，虽然院
墙由坚固的石块砌成，厚度也有四英寸，但是
对庞大的格列佛来说，它们还是太脆弱了，他

想毫无损伤地跨过它们太难了。如果要进入皇家内院，那就更加困难了；因为从一座宫院到另一座的大门，只有十八英寸高，七英寸宽。可格列佛不愿意轻易地放弃。他苦苦地想了三天，终于有主意了。

在三天中，格列佛用小刀砍了两棵大树，做了两张凳子，每张高约三英尺，而且足够承受他的体重。第二次得到允许后，格列佛又进城了。当到达外院时，他站在一张凳子上，然后将另一张举过屋顶，轻轻地放在一院和二院之间，那块宽约八英尺的空地上。这样，从一张凳子到另一张凳子，格列佛很快地跨过了外院的楼群。之后，他用一个带弯钩的棍棒把第一张凳子钩了过来。用同样的方法，他又来到了皇家内院。格列佛侧着身子躺了下来，这样他就可以通过宫殿的小窗看到

jīn bì huī huáng de nèi gōng　huáng hòu hé wáng zǐ men gāo xìng jí le
金碧辉煌的内宫。皇后和王子们高兴极了，

shèn zhì shēn chū shǒu zhǐ lái cì gé liè fó yì wěn
甚至伸出手指来赐格列佛一吻。

hòu lái　gé liè fó chángyòng zhè ge fāng
后来，格列佛常用这个方

fǎ cān guān jīngchéng　rì zi jiǔ le　gé liè
法参观京城。日子久了，格列

fó kāi shǐ mànmàn xǐ huanshàng le zhè ge guó jiā
佛开始慢慢喜欢上了这个国家。

zhè li de yí qiè　dōu ràng tā jīng yà jí le
这里的一切，都让他惊讶极了。

tā men xiě zì de fāng fǎ hěn tè bié　bú
他们写字的方法很特别，不

xiàng ōu zhōu rén nà yàngcóng zuǒ dào yòu　bú xiàng
像欧洲人那样从左到右，不像

ā lā bó rén nà yàngcóngyòu dào zuǒ　yě bú xiàng
阿拉伯人那样从右到左，也不像

zhōngguó rén nà yàngcóngshàngdào xià　ér shì cóng
中国人那样从上到下，而是从

zhǐ de yì jiǎo xié zhe xiě dào lìng yì jiǎo　hé yīng
纸的一角斜着写到另一角，和英

guó de tài tai xiǎo jiě men yí gè yàng zi
国的太太小姐们一个样子。

tā men mái zàng sǐ rén shí　shì jiāng sǐ rén
他们埋葬死人时，是将死人

de tóu xiàng xià　tā men rèn wéi　zài yí wàn yì
的头向下。他们认为，在一万一

qiān gè yuè hòu　dì qiú jiāng huì diān dǎo guò lái
千个月后，地球将会颠倒过来；

zhè shí　fù huó de sǐ rén jiù kě yǐ wěnwěn de
这时，复活的死人就可以稳稳地

站在地面上。

他们的正义女神像有六只眼睛，两只在前，两只在后，左右各有一只，表示正义女神是谨慎周全的。女神右手拿一袋金子，袋口开着；左手持一柄宝剑，剑插在鞘中，表示她更喜欢奖赏而不是惩罚。的确，在他们的法律中有更多关于奖励的规定，例如，谁如果在七十三个月内一直严守国家法律，就可以享受一定的特权，获得一笔奖金，并且被授予"斯尼尔普尔"（即"守法者"）称号。

[英国] 乔纳森·斯威夫特

七、内忧外患

在最初获得自由的半个多月里，格列佛除了参观京城，还了解了小人国的风俗、法律、政治、宗教等许许多多有趣的事，并且和内务大臣瑞尔德里沙成了朋友。

一天，内务大臣忧心忡忡地来到格列佛的住处。格列佛将他放在自己手中，以方便谈话。

"格列佛，你觉得我们国家怎么样？"

"很好啊，到处都很繁荣，人民安居乐业。"

内务大臣摇了摇头说：

"唉，格列佛，你看到的都是表面现象。其实，我国现在已经危机重重了。国内，党派间的争斗激烈；国外，又有强敌入侵的危险。"

"什么？"

"我国的两个党派——高跟党和低跟党，一直在勾心斗角。两党的区别在于一个鞋跟高些，另一个鞋跟低些。由于皇帝本人是低跟党的领袖，所以他在重要部门只任用低跟党人。最让人担心的是，高跟

党人数比我们低跟党人数多，而

且太子殿下也倾向于高跟党；我们清清楚楚地看到他的一只鞋跟比另一只要高些，所以走起路来总是一拐一拐的。"

格列佛忍不住偷偷笑了，又问："那外敌是怎么回事呢？"

"我们的敌人在不来夫斯库岛，双方已经交战了三十六个月。战争的起因是关于如何打破鸡蛋。"

"啊？鸡蛋也会导致战争？"格列佛惊讶的声音，差点让手中的小人跌倒下去。

内务大臣理了理帽子上的羽毛，一本正经地说："我国自古以来吃鸡蛋总是先打破大的一端。可是当今皇上的祖父有一次吃鸡蛋时不小心弄破了手指，于是下令，全体臣民吃鸡蛋时必须先打破小的一端，违者重罚。百姓们非

cháng bù mǎn   jiā shàng bù lái fū sī kù guó de shāndòng   guó nèi pàn luàn
常不满,加上不来夫斯库国的煽动,国内叛乱

bú duàn
不断。"

xiānhuáng de mìng lìng shí zài shì bù hé lǐ   gé liè fó xīn li
"先皇的命令实在是不合理。"格列佛心里

yě yǒu xiē bù mǎn
也有些不满。

nèi wù dà chén jì xù shuō   bù lái fū sī kù
内务大臣继续说:"不来夫斯库

guó bù jǐn shāndòngpàn luàn   hái shōuróng pàn tú
国不仅煽动叛乱,还收容叛徒。

nà xiē rén zài bù lái fū sī kù guó bèi wěi yǐ
那些人在不来夫斯库国被委以

zhòngrèn   yòu dé dào guó nèi dǎng yǔ de mì
重任,又得到国内党羽的秘

mì yuán zhù hé sǒngyǒng   zhè yàngliǎng
密援助和怂恿,这样两

guó zhī jiān jiù xiān qǐ yì chángxuè
国之间就掀起一场血

31

战。三十六个月来，我们损失了四十艘战舰，无数的小艇，还折损了三万精锐的水军和陆军。

现在，敌人又将发起新一轮的攻击。陛下深信你的勇气和力量，希望你能对国家效忠。"

作为外国人，格列佛觉得自己不便介入小人国内的党派之争，但是对于外敌入侵，他却不得不管。为了这群善良而且可爱的小生灵，他甘愿冒着生命危险，随时为反抗侵略而战。

[英国] 乔纳森·斯威夫特

bā　　　gé liè fó xiǎn shén wēi
八、格列佛显神威

bù lái fū sī kù dì guó zài lì lì pǔ tè dì guó de dōng běi
不来夫斯库帝国在利立浦特帝国的东北

fāng　　liǎng guó zhǐ gé yì tiáo bā bǎi mǎ kuān de hǎi xiá　　yóu yú zhàn
方，两国只隔一条八百码宽的海峡。由于战

zhēng qī jiān liǎng guó duàn jué le wǎng lái　　bù lái fū sī kù dì guó méi
争期间两国断绝了往来，不来夫斯库帝国没

yǒu dé dào yì diǎn guān yú gé liè fó de xiāo xi
有得到一点关于格列佛的消息。

wèi le zuò hǎo zhàn zhēng de zhǔn bèi　　gé liè fó qīn zì cè liáng le
为了做好战争的准备，格列佛亲自测量了

hǎi xiá　　qí shí　　suǒ wèi de　　hǎi xiá　　duì tā zhǐ néng chēng wéi xiǎo
海峡。其实，所谓的"海峡"，对他只能称为小

xī　　tā de zuì shēn shuǐ wèi cái liù yīng chǐ　　　yú shì　　gé liè fó jué
溪，它的最深水位才六英尺。于是，格列佛决

dìng yóu yǒng qù tōu xí dí rén de jiàn duì　　gé liè fó zuò le wǔ shí
定游泳去偷袭敌人的舰队。格列佛做了五十

gēn dài gōu de lǎn shéng　　rán hòu huí dào hǎi àn　　tā tuō xià shàng yī hé
根带钩的缆绳，然后回到海岸。他脱下上衣和

33

xié wà chuānzhe jiàn pí bèi xīn zǒu xià hǎi qù　dà yuē yóu le sān shí
鞋袜，穿着件皮背心走下海去。大约游了三十

mǎ shí　tā de jiǎo yǐ jing gòu de zháo hǎi dǐ　cǎi zhe shuǐ zǒu guò qù
码时，他的脚已经够得着海底。踩着水走过去，

bú dào bàn gè xiǎo shí　tā biàn lái dào dí rén de jiàn duì qiánmian
不到半个小时，他便来到敌人的舰队前面。

ō ō
"噢，噢！"

kàn na　nà shì shén me guài wù
"看哪，那是什么怪物？"

jiù mìng
"救命！"

……

dāng gé liè fó jù dà de nǎo
当格列佛巨大的脑

dai kào jìn jiàn duì shí　xiǎo rén men
袋靠近舰队时，小人们

lì kè xià de hún fēi pò
立刻吓得魂飞魄

sàn　fēn fēn tiào rù shuǐ
散，纷纷跳入水

zhōng　shuǐzhōngdào
中。水中到

chù dōu shì bēi
处都是悲

cǎn de jiān jiào hé hū hǎnshēng　gé liè fó bù huāng bù máng de ná chū
惨的尖叫和呼喊声。格列佛不慌不忙地拿出

zhǔn bèi hǎo de wǔ shí gēn dài gōu de lǎn shéng jiāng tā men tào zài dí rén
准备好的五十根带钩的缆绳，将它们套在敌人

de jiànchuánshang　jiē zhe gē duànjiànchuánshang de tiě máo　yì gǔ nǎo
的舰船上，接着割断舰船上的铁锚，一股脑

34

地拖着就走。惊惶失措的小人这下终于明白了格列佛的意图，于是，成千上万的小箭齐刷刷地向格列佛身上射来，这些小箭让他疼痛难忍。身上和脸上也就罢了，可是眼睛不能被箭射中，要不是格列佛灵机一动戴上眼镜，只怕就保不住了。最终，格列佛还是安全返回了。利立浦特皇帝亲自在岸上迎接格列佛，看着丰厚的战利品，他大加赞扬格列佛的功绩，并当场封他为"那达克"——这可是利立浦特帝国的最高荣誉。

但是，皇帝的野心很大。他希望格列佛帮

助他彻底消灭不来夫斯库国和大端派的流亡者，强迫所有人民先打破鸡蛋的小端，成为世界上独一无二的君主。然而，格列佛拒绝了。他不愿做杀人的工具，让一个自由、勇敢的民族沦为奴隶。后来，格列佛还向不来夫斯库的使者表示了友好，并爽快地答应了回访。这一切，都让皇帝和不怀好心的大臣耿耿于怀，从而埋下隐患。

[英国] 乔纳森·斯威夫特

九、无奈逃亡

转眼间，格列佛在小人国利立浦特已经住了九个月零十三天。自从封了"那达克"后，他更是衣食无忧，皇上还专门派给他两百名女裁缝和三百个大厨伺候他的饮食。但是，好景不长，皇上、皇后开始不满起来，加上一些不怀好意的大臣的挑拨，格列佛渐渐失宠了。

首先，格列佛冒犯过皇上。因为他曾拒绝帮助消灭不来夫斯库国和大端派。至于怎么得罪皇后的，格列佛后来才明白，他是好心办了坏事。一天夜里，一个女官看书睡着了，以致皇后的寝宫失火。等到格列佛赶来救火时，火势很大，而水远远不够；于是，他急中生智撒尿扑灭了这场大火。格列佛以为自己立了奇功，却没想到这个国家的法律规定："在皇宫内小便，一律处死。"当然，皇上赦免了格列佛，但是皇后却非常痛恨他，并且发誓再也不会去原来的寝宫住了。

另外，财政大臣一开始就对格列佛有敌意，经常在皇上的耳边说格列佛会吃空国库的粮食，使全国发生饥荒。还有海军大臣博尔戈兰姆，自从格列佛大败不来夫斯库后，他觉得自己毫无颜面，因此也非常仇恨格列佛。于是，他们联合陆军大将利姆托克、掌礼大臣拉尔孔和大法官巴尔墨夫，

共同写了一份弹劾书，指控格列佛的罪行。

第一条：借口皇后寝宫失火，撒尿救火，违背先皇法律，即在皇宫范围内小便者，一律以严重叛国罪惩罚。

第二条：严重抗旨，坚决不肯消灭我国敌人和大端派的叛徒。

第三条：不来夫斯库使者求和时，公然帮助、款待与皇上为敌的使者。

第四条：只听陛下口头答应，就要访问不来夫斯库，借机帮助他们，这是对陛下的不忠。

……

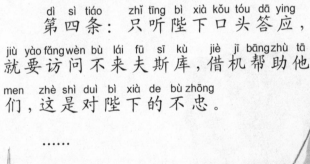

最后，经过内阁的讨论，他们决定对格列佛处以最轻的刑罚，即先刺瞎他的双眼，然后减少食物慢慢地饿死他。

这份弹劾，是一个好心的大臣偷偷地告诉格列佛的。格列佛十分迷惑。他完全可以凭借他巨大的身体把利立浦特一举毁灭掉，但一想到皇上的恩宠和那些善良的小人们，就实在不想伤害他们。最后，格列佛只有逃亡。

[英国] 乔纳森·斯威夫特

shí　　　jiǎo xìng guī guó
十、侥幸归国

　　gé liè fó yóu guò hǎi xiá　　jiù kàn jiàn bù lái fū sī kù jūn wáng
格列佛游过海峡，就看见不来夫斯库君王
shuài lǐng quán guó rén mín zài hǎi biān yíng jiē tā　　zhè wèi jūn wáng shí fēn
率领全国人民在海边迎接他。这位君王十分
wěi dà　　tā bìng méi yǒu guài zuì gé liè fó tōu xí jiànchuán de shì　xiāng
伟大，他并没有怪罪格列佛偷袭舰船的事，相
fǎn hái rè qíng de kuǎn dài le tā
反还热情地款待了他。

　　gé liè fó zài bù lái fū sī kù sì jing zhù le sān tiān　dì sì
格列佛在不来夫斯库已经住了三天。第四
tiān　tā lái dào zhè ge dǎo de dōng běi hǎi àn sàn bù　tā tiàowàngzhe
天，他来到这个岛的东北海岸散步。他眺望着
dà hǎi　sī niàn qǐ le zì jǐ de guó jiā hé qīn rén　　tū rán tā kàn
大海，思念起了自己的国家和亲人。突然他看
jiàn zài lí hǎi àn yuē bàn lǐ de shuǐmiànshang　yí gè hēi sè de dōng xi
见在离海岸约半里的水面上，一个黑色的东西
zhèngxiàng tā piāo lái　hǎoxiàng shì yì zhī fān le de xiǎochuán
正向他漂来，好像是一只翻了的小船。

格列佛一阵欣喜，连忙走入海中，发现那东西果然是一艘小船，虽然被潮水吹得越来越近了，但他还是够不着。于是，他立刻请求不来夫斯库皇帝的援助，在海军的帮助下，终于把小船拖了回来。

当小船到达岸边的时候，小人们惊讶极了，他们从来没有见过这种庞然大物。

小船经过十天的修理，终于又可以出海了。

这天，格列佛跪在不来夫斯库皇帝的跟前，说："尊敬的陛下，非常感谢您这段时间的款待，并帮我得到这艘船。现在，我终于可以

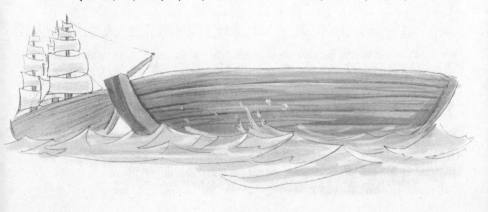

42

^{huí guó le}
回国了。”

^{nǐ bù duō zhù yí zhèn ma} ^{huángshangyǒu xiē yì wài}
“你不多住一阵吗？”皇上有些意外。

^{xiè xie nín dàn wǒ fēi chángxiǎngniàn wǒ de guó jiā wǒ hěn}
“谢谢您，但我非常想念我的国家。我很

^{bào qiàn yǐ qián dài gěi nín de má fan gé liè fó chéngkěn de shuō}
抱歉以前带给您的麻烦。”格列佛诚恳地说。

……

^{yí gè yuè hòu yě jiù shì nián de yuè rì qīngchén}
一个月后，也就是1701年的9月24日清晨

^{liù diǎnzhōng bù lái fū sī kù guó de hǎi àn biān rén shān rén hǎi dài}
六点钟，不来夫斯库国的海岸边人山人海。带

^{zhehuángshangsòng gěi tā de wǔ shí dài qián yì bǎi tóu niú sān bǎi zhī}
着皇上送给他的五十袋钱，一百头牛，三百只

^{yáng yì fú huángshang de quánshēn huàxiàng hé dà liàng de miàn bāo shú}
羊，一幅皇上的全身画像和大量的面包、熟

^{ròu gé liè fó zhǔn bèi huí guó le xiàn zài tā zhèng zài xiàngzhè li de}
肉，格列佛准备回国了，现在他正在向这里的

^{rén men huī lèi gào bié}
人们挥泪告别。

9月26日，格列佛的小船 正向东方行驶，

一艘挂着英国国旗的帆船从它旁边经过。

"啊，我们的国旗，是我们国家的国旗！"格

列佛惊喜地大叫了起来。他鸣枪求

救，很快那艘帆船有了回应。

航海一切顺利。

1702年4月13日，出海有三年之

久的格列佛回到了他朝思暮想的英国。

44

[英国] 乔纳森·斯威夫特

十一、岛上遇巨人

格列佛似乎命中注定要奔波一辈子。回家才两个月，他就又要离开祖国。

1702年6月20日，安置好家人后，他在唐兹登上了"冒险号"商船。

他们一帆风顺地到达好望角时，发现船身有了裂缝，只能停下来在好望角过冬了。

第二年三月底，船才重新起航。一路顺利地穿过了马达加斯加海峡，谁知道突然风向大变，而且越来越猛烈，船只能随波逐流了。

zhè fēng yì lián guā le èr shí tiān　　jié guǒ lián chuánshang zuì yǒu
这风一连刮了二十天，结果连船上最有

jīng yàn de shuǐshǒu yě bù zhī dàochuánxiàn zài piāo dào shì jiè de nǎ ge
经验的水手也不知道船现在漂到世界的哪个

dì fang le　chuánhěn jiān gù　chuánshang de shí wù yě bǐ jiàochōng zú
地方了。船很坚固，船上的食物也比较充足，

dàn tā men què yánzhòngquē fá dàn shuǐ　hǎi yuánmen dōu zhī dào　méi yǒu
但他们却严重缺乏淡水。海员们都知道，没有

shuǐ　zài dà hǎishang shì hěn nán huó xià qù de
水，在大海上是很难活下去的。

nián　yuè　rì zhè tiān　　yí gè shuǐshǒu fā xiàn le　yí
1703 年 6 月 16 日这天，一个水手发现了一

gè dǎo yǔ　chuánzhǎng lì kè pài shí èr míngshuǐshǒu chéngzhe xiǎochuán
个岛屿。船长立刻派十二名水手，乘着小船

qù xúnzhǎo dàn shuǐ　gé liè fó xiǎngkàn kan dǎoshang de fēngguāng　yú
去寻找淡水。格列佛想看看岛上的风光，于

shì qǐng qiú hé tā men yí kuài er qù　shàng àn hòu　tā men shī wàng jí
是请求和他们一块儿去。上岸后，他们失望极

le　nà li jì méi yǒu dàn shuǐ　yě méi yǒu hé liú
了，那里既没有淡水，也没有河流。

格列佛独自一人往别的方向走了大约一英里，所到之处也是一片荒凉。当他慢慢向海湾走回去的时候，发现水手们正驾着小船向大船拼命地划去，后面还有一个巨大的怪物在海中飞快地追赶他们。

格列佛惊呆了，他拼命地往原路跑回去，只想找个地方赶快藏起来。

[英国] 乔纳森·斯威夫特

十二、误闯大人国

格列佛拼命地跑啊，跑啊。他努力地翻过一座小山，发现自己的面前是一片树林（后来才知道是耕地）。格列佛大约走了一个小时才走到树林的尽头。树林的四周，围着一大片篱笆，大约有一百二十英尺高。他正准备在篱笆上寻找缺口的时候，身后传来"砰、砰"的巨响，格列佛顿时感觉整个大地都在颤抖。

格列佛惊恐万分，赶紧找了个地方躲着。

只见身后有个巨人拿着一把巨型的镰刀走过

来。镰刀不断地砍倒格列佛身后的大树，巨人

的脚步很快就赶上了格列佛，眼看就要踩上了。

"不，救命！"格列佛吓得尖叫起来。

巨人好像听到了什么，他停了下来，向四

周看了半天，才发现格列佛在地上缩成一团。

巨人迟疑了一下，担心是什么咬人的动物。最

后，他大胆地用拇指和食指把格列佛齐腰拎了

起来。格列佛不敢挣扎，他把双手合在一起，

流着泪向巨人苦　　　苦哀求。巨人好奇地

瞧了他一阵　　　　　子，然后把他放进了

衣兜里。

[英国] 乔纳森·斯威夫特

shí sān 十三、jù rén jiā de shēnghuó 巨人家的生活

　　格列佛被放出来的时候，发现自己在一个巨大的建筑物的平地上，周围有十只大脚。有个巨人一会儿用小麦杆挑挑他的上衣，一会儿弄弄他的头发。

　　格列佛开始有些恐惧，后来就镇静了下来。他向面前的巨人深深地鞠了一躬，然后跪在地上，举起双手，尽力地大声说话；他又掏出一把金币，小心地交给巨人……巨人终于相信格列佛是一个有理性的动物。

zhè shí　　yǐ jing shì chī wǔ cān de shí hou le　　jù rén bǎ gé
这时，已经是吃午餐的时候了。巨人把格

liè fó līn dào yì zhāng jù dà de zhuōmiànshang　　tiān na　lí dì miàn
列佛拎到一张巨大的桌面上。天哪！离地面

zhì shǎoyǒu sān shí yīng chǐ gāo
至少有三十英尺高。

jù rén de qī zi xiān dào
巨人的妻子先到，

tā kàn jiàn zhuōshang de huó wù
她看见桌上的活物，

jiù xiàngkàn jiàn lài há ma yí
就像看见癞蛤蟆一

yàng　　lì kè jiān jiào zhe
样，立刻尖叫着

pǎo le　　yě xǔ shì jù rén gào
跑了。也许是巨人告

su le tā ba　　tā hěn kuài fǎn huí
诉了她吧，她很快返回

lái　　kàn jiàn gé liè fó shí fēn tīng
来，看见格列佛十分听

huà　　yě jiù mànmàn de huān xǐ qǐ lái　　jiē zhe　　yòu lái le sān gè
话，也就慢慢地欢喜起来。接着，又来了三个

hái zi hé yí gè lǎo nǎi nai
孩子和一个老奶奶。

jù rén de qī zi qiē xià yì xiǎokuài ròu　　yòu zài yì zhī mù dié
巨人的妻子切下一小块肉，又在一只木碟

zi li bǎ miànbāonòng suì　　rán hòu yì qǐ fàng zài gé liè fó de miàn
子里把面包弄碎，然后一起放在格列佛的面

qián　gé liè fó shēnshēn de jū le yì gōng biǎo shì gǎn xiè　　gānggāng
前。格列佛深深地鞠了一躬，表示感谢。刚刚

chī le jǐ kǒu shí　gé liè fó tū rán gǎn dào tóu yūn mù xuàn　　bèi rén
吃了几口时，格列佛突然感到头晕目眩，被人

提着两腿，倒吊在半空中。巨人赶紧抢了过
来，把格列佛放回桌上，原来刚才是巨人的小
儿子顽皮了一下。

格列佛软软地靠在面包上，小心翼翼地想
找个地方喘口气。突然，他的背后传来一阵
呼呼的热气。格列佛转过身，只见巨人妻子的
怀里，一只三头公牛那么大的猫正虎视眈眈地
盯着他。

午饭快要吃完的时候，保姆抱着一个小婴
儿走了进来。小婴儿一见到格列佛就"呀呀"

de xiào qǐ lái jù rén de qī zi bǎ gé liè fó
地笑起来。巨人的妻子把格列佛

līn dào xiǎo yīng ér de yǎn qián jié guǒ xiǎo jiā
拎到小婴儿的眼前，结果小家

huo lì kè jiù zhuā zhù le gé liè fó hái zhí wǎng
伙立刻就抓住了格列佛，还直往

zuǐ li sāi
嘴里塞。

fàng xià wǒ fàng xià wǒ
“放下我，放下我！”

gé liè fó dà hǒu qǐ lái xià
格列佛大吼起来，吓

de xiǎo táo qì yì sōng shǒu jiù bǎ
得小淘气一松手就把

tā rēng le chū qù
他扔了出去。

gé liè fó hài pà de bì shàng
格列佛害怕得闭上

yǎn jing rèn píng shēn tǐ zhí wǎng xià
眼睛，任凭身体直往下

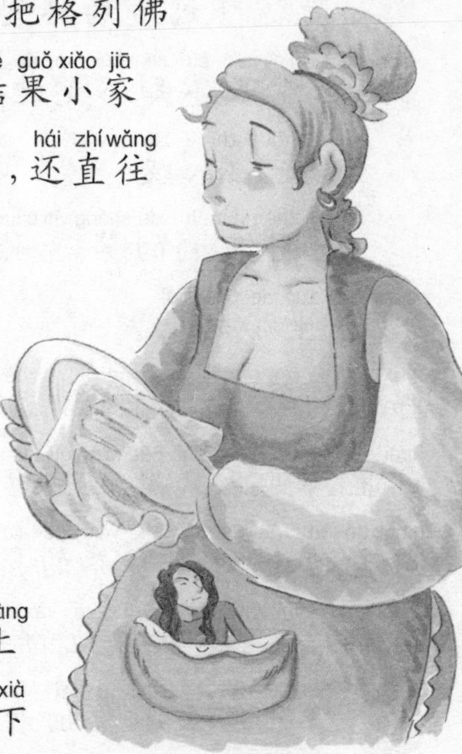

luò tū rán tā gǎn jué zì jǐ bèi shén me dōng xi jiē zhù le yuán
落。突然，他感觉自己被什么东西接住了，原

lái tā luò jìn le jù rén qī zi de wéi qún li
来他落进了巨人妻子的围裙里。

chī wán wǔ fàn jù rén yì biān zhǐ zhe gé liè fó yì biān hé
吃完午饭，巨人一边指着格列佛，一边和

tā de qī zi jī gu le yí zhèn zi hǎo xiàng zài shuō qīn ài de
他的妻子叽咕了一阵子，好像在说：“亲爱的，

nǐ yào kān hǎo tā rán hòu tā káng zhe yì bǎ shì jiè shang zuì dà
你要看好他。”然后，他扛着一把世界上最大

de chú tou chū qù gàn huó le
的锄头出去干活了。

shòu jīng xià guò dù de gé liè fó xiàn zài jīn bu zhù dǎ qǐ hā
受惊吓过度的格列佛，现在禁不住打起哈

qian lái jié guǒ bù zhī bù jué de kào zài miàn bāoshangshuìzháo le
欠来，结果不知不觉地靠在面包上睡着了。

zhī zhī zhī
"吱、吱、吱……"

yí zhèn jiān lì de shēng yīn chuándào gé liè fó de ěr duo li tā
一阵尖利的声音传到格列佛的耳朵里，他

měng de zuò le qǐ lái
猛地坐了起来。

ō wǒ de shàng dì zhè shì shén me guàishòu
"哦，我的上帝，这是什么怪兽？"

zhǐ jiàn liǎng zhī hēi yóu yóu de dōng xi zhèng zài dīng zhe tā tǐ jī
只见两只黑油油的东西正在盯着他，体积

zú zú yǒu gé liè fó jiā yǎng de liè gǒu hā lǐ nà me dà qí
足足有格列佛家养的猎狗"哈里"那么大；其

zhōng de yì zhī jìng rán zài tā de shēnshang xiù lái xiù qù
中的一只竟然在他的身上嗅来嗅去。

gé liè fó lái bu jí xì kàn měng de fān guò shēn bá chū yāo
格列佛来不及细看，猛地翻过身，拔出腰

dāo jiù cháo nà zhī zhèng zài xiù tā de dà gǒu kǎn le guò qù dà
刀就朝那只正在嗅他的"大狗"砍了过去。"大

狗"立刻就倒在他的脚下，但还是不停地爬着。

格列佛赶紧又将刀插进怪物的脖子里，而另一

只早吓得飞快地跑掉了。

半天才回过神来的格列佛，绕着怪物转了

一圈，终于明白这是一只巨型的老鼠。老鼠腥

臭的污血，熏得他想把午饭吃的面包呕吐出

来，于是，他赶紧跑开了。

他远远地坐着，这才发现原来好心的巨人

把他放在一张足球场般的大床上。

[英国] 乔纳森·斯威夫特

shí sì yáo qián shù
十四、摇钱树

jù rén yǒu yí gè jiǔ suì de nǚ ér　tā duì gé liè fó fēi cháng
巨人有一个九岁的女儿，她对格列佛非常
hǎo　tā gěi gé liè fó zuò le yí gè xiǎo yáo lán dāng tā de chuáng rán
好。她给格列佛做了一个小摇篮当他的床，然
hòu yòu gěi tā féng le qī jiàn chèn yī　suī rán chèn yī de bù bǐ má dài
后又给他缝了七件衬衣，虽然衬衣的布比麻袋
hái yào cū
还要粗。

xiǎo gū niang hái shì gé liè fó de yǔ yán lǎo shī　tā jiào gé liè
小姑娘还是格列佛的语言老师，她叫格列
fó　gé lǐ ěr tè lǐ gé　shì xiǎo ǎi zi　zhū rú de yì si
佛"格里尔特里格"，是小矮子、侏儒的意思；
gé liè fó guǎn tā jiào　wǒ de gé lán mǔ dá ěr kè lì qì　yì si
格列佛管她叫"我的格兰姆达尔克立契"，意思
shì　wǒ de xiǎo bǎo mǔ
是"我的小保姆"。

gé liè fó de shì　hěn kuài chuán dào zhōu wéi lín jū men de ěr duo
格列佛的事，很快传到周围邻居们的耳朵

里。他们纷纷来到巨人家中观看格列佛。

一天，一个坏老头给巨人出了一个馊主意，让巨人把格列佛带到城里去展览，这样就可以赚到一大笔钱。这是小姑娘第二天偷偷地告诉格列佛的。小姑娘伤心极了：

"噢，格里尔特里格，爸爸太坏了！"小姑娘擦了擦眼睛，"你不知道，爸爸老是说话不算数。去年他假装送给我一头小羊羔，可是我的小羊长大后，他却把它卖给了屠户。"

格列佛默默地看着小姑

^{niang} ^{yì diǎn fǎ zi yě méi yǒu}
娘，一点法子也没有。

……

^{hěn kuài dào le xià yí gè gǎn jí de rì zi} ^{jù rén bǎ gé liè}
很快到了下一个赶集的日子，巨人把格列
^{fó zhuāng zài xiǎoxiāng zi li} ^{dài shàng tā de nǚ ér} ^{yì qǐ dào lín jìn}
佛装在小箱子里，带上他的女儿，一起到邻近
^{de jí zhènshang qù le}
的集镇上去了。

^{jù rén zài tā jīngchángguāng gù de xiǎo lǚ}
巨人在他经常光顾的小旅
^{diàn qián xià le mǎ} ^{tā xiān hé lǚ diàn de zhǔ rén}
店前下了马。他先和旅店的主人
^{jī gu le yí zhèn} ^{jiē zhe jiù gù le yì míng} ^{gé lǔ tè lǔ dé}
唧咕了一阵，接着就雇了一名"格鲁特鲁德"，
^{jiù shì zhènshang de hǎn shì yuán} ^{tōng zhī dà jiā dào lǜ yīng lǚ guǎn lái}
就是镇上的喊事员，通知大家到绿鹰旅馆来

59

guānshǎng yì tóu guàishòu
观 赏 一头 怪兽。

gé liè fó bèi fàng dào lǚ guǎn zuì dà de fáng jiān li de yì zhāng
格列佛被放到旅馆最大的房间里的一张

zhuō zi shang tā de xiǎo bǎo mǔ jǐn āi zhe zhuō zi zhàn zài yì zhāng ǎi
桌子上，他的小保姆紧挨着桌子站在一张矮

dèng zi shang yì biān zhào kàn tā yì biān zhǐ huī tā biǎo yǎn
凳子上，一边照看他，一边指挥他表演。

gé liè fó shí ér rào zhe zhuō zi zǒu yì quān xiàng guānzhòngmen
格列佛时而绕着桌子走一圈，向观众们

dà shēng wèn hǎo shí ér ná qǐ zhēn gū dà xiǎo de róng qì dàng zuò jiǔ
大声问好；时而拿起针箍大小的容器当作酒

bēi wèi dà jiā de jiàn kāng gān bēi shí ér chōu chū yāo dāo xué zhe yīng
杯，为大家的健康干杯；时而抽出腰刀，学着英

guó jī jiàn jiā de yàng zi wǔ yí huì er
国击剑家的样子舞一会儿……

zhè yì tiān gé liè fó zú zú biǎo yǎn le shí èr cháng lèi de
这一天，格列佛足足表演了十二场，累得

yì diǎn lì qì dōu méi yǒu le kě shì mén wài de guānzhòngquè yuè jǐ
一点力气都没有了，可是，门外的观众却越挤

yuè duō zhǔ rén bù dé bù xuān bù míng tiān zài biǎo yǎn
越多，主人不得不宣布明天再表演。

gé liè fó zài biǎo yǎn de shí
格列佛在表演的时

hou hái shòu le yì cháng jīng xià
候，还受了一场惊吓，

xiǎn xiē jiù méi mìng le yuán yīn shì yí gè dǎo dàn de nán hái xiàng gé
险些就没命了。原因是一个捣蛋的男孩，向格
liè fó rēng guò lái yì zhī zhēn zi chà yì diǎn jiù jī zhòng tā de nǎo
列佛扔过来一只榛子，差一点就击中他的脑
dai ér zhè zhī zhēn zi chà bu duō yǒu nán guā nà me dà
袋，而这只榛子差不多有南瓜那么大。

chú le xīng qī sān de ān
除了星期三的安
xī rì kě yǐ xiū xi wài
息日可以休息外，
gé liè fó měi tiān dōu yào
格列佛每天都要
biǎo yǎn shí jǐ cháng tā
表演十几场，他
de shēn tǐ yuè lái yuè
的身体越来越
shòu ér jù rén de
瘦，而巨人的
qián què zhuàn de yuè
钱却赚得越
lái yuè duō
来越多。

jù rén fā xiàn gé liè fó kě
巨人发现格列佛可
yǐ zhuàn dà qián jiù jué dìng dài tā dào quán guó gè dì xún huí yǎn chū
以赚大钱，就决定带他到全国各地巡回演出。

nián yuè rì tā men dào le dà rén guó de jīng chéng
*1703*年*10*月*26*日，他们到了大人国的京城
luò bù lǔ gé lǔ dé yì si shì yǔ zhòu de jiāo ào
——“洛布鲁格鲁德”，意思是宇宙的骄傲。

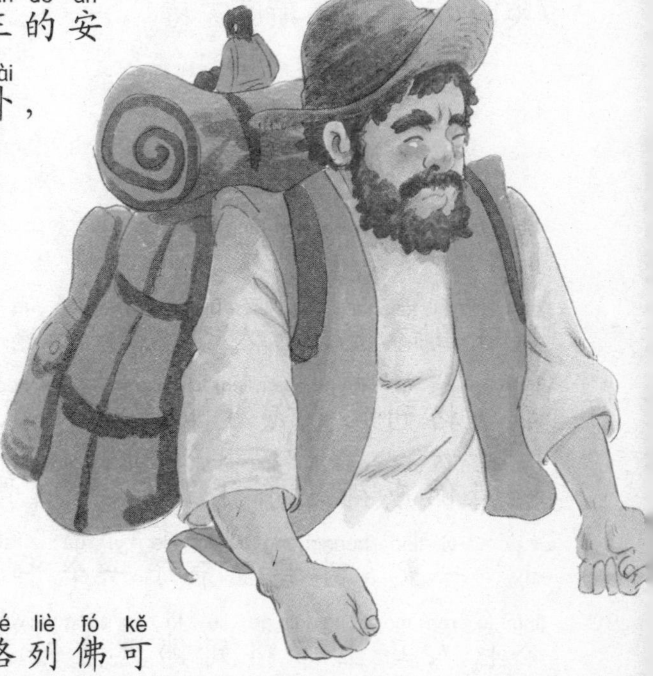

[英国] 乔纳森·斯威夫特

shí wǔ　　　rù gōng
十五、入宫

yí lù shang　　jù rén biàn de yuè lái yuè tān dé wú yàn　　měi tiān
一路上，巨人变得越来越贪得无厌，每天
dōu yào gé liè fó biǎo yǎn shí jǐ chǎng　　jié guǒ　　dào le jīng chéng hòu
都要格列佛表演十几场。结果，到了京城后，
gé liè fó shòu de jī hū jiù shèng xià yì duī gǔ tou le
格列佛瘦得几乎就剩下一堆骨头了。
　　yì tiān huáng gōng li lái le yí gè　sī lā dé lā ěr　　mìng
　　一天，皇宫里来了一个"斯拉德拉尔"，命
lìng jù rén mǎ shàng dài gé liè fó jìn gōng gěi wáng hòu hé guì fù men biǎo
令巨人马上带格列佛进宫给王后和贵妇们表
yǎn qǔ lè　　wáng hòu kàn le gé liè fó de biǎo yǎn hòu　　fēi cháng xǐ
演取乐。王后看了格列佛的表演后，非常喜
huan　tā yāo qiú jù rén bǎ tā gāo jià mài gěi tā　　jù rén yǐ wéi gé
欢，她要求巨人把他高价卖给她。巨人以为格
liè fó huó bu cháng le　　jiù pán suan zhe yào zài gé liè fó shēn shang lāo
列佛活不长了，就盘算着要在格列佛身上捞
shàng zuì hòu yì bǎ　　yú shì tā dā ying le　　suǒ jià yì qiān jīn bì
上最后一把，于是他答应了，索价一千金币。

wánghòu shuǎng kuài de tóng yì le zhè ge jià qián bìng dāng chǎng jiù jiāng qián
王后爽快地同意了这个价钱，并当场就将钱

diǎn qīng le xiǎo gū niang kàn jiàn bà ba bǎ gé liè fó mài le bù yóu
点清了。小姑娘看见爸爸把格列佛卖了，不由

de wū wū de kū le qǐ lái yú shì gé liè fó qǐng qiú wáng
得"呜呜"地哭了起来。于是，格列佛请求王

hòu ràng xiǎo gū niang jì xù dāng tā de bǎo mǔ hé lǎo shī wánghòu tóng
后，让小姑娘继续当他的保姆和老师。王后同

yì le xiǎo gū niang zhè cái kāi xīn de xiào le
意了。小姑娘这才开心地笑了。

zài huáng gōng li gé liè fó bú dàn méi yǒu zài shòu dào nüè dài
在皇宫里，格列佛不但没有再受到虐待，

ér qiě dé dào le fēi cháng hǎo de lǐ yù suǒ yǐ tā hěn kuài jiù huī fù
而且得到了非常好的礼遇，所以他很快就恢复

le jiàn kāng
了健康。

wánghòu fēi cháng chǒng ài gé liè fó ài wū jí wū lián xiǎo
王后非常宠爱格列佛。爱屋及乌，连小

gū niang dōu shòu dào le hěn hǎo de
姑娘都受到了很好的

dài yù wánghòu gěi xiǎo gū
待遇。王后给小姑

niang zhǔn bèi le yì jiān shū
娘准备了一间舒

shì de fáng jiān zhǐ pài yì
适的房间，指派一

míng nǚ jiào shī fù zé tā
名女教师负责她

de jiào yù hái yǒu liǎng
的教育，还有两

gè pú rén gěi tā gàn huó
个仆人给她干活，

这样小姑娘就可以专心照顾格列佛了。王后还让皇宫里最好的木匠给格列佛造了一幢十二英尺高，十六英尺见方的可以带着走的木头房子，房子里有一扇可以上下活动的窗子、一扇门、还有两个橱柜、两把带靠背和扶手的椅子，据说还是用象牙雕成的。房间的四壁，包括天花板和地板都垫得厚厚的，这样，带格列佛出门时，就不会受伤了。吃饭的时候，如果没有格列佛，王后简直一口也吃不下。她喜欢看着格列佛小口小口地吃东西，把这当成一种乐趣。

64

偶尔，格列佛也有心情不好的时候。比如说，博学的国王一开始认为格列佛只是一个精致的木偶，这让格列佛感觉非常懊恼，他甚至觉得这像一种蔑视。后来，国王又很瞧不起格列佛的国家，认为这么小的人是很难自卫和谋生的。这就更让格列佛郁闷了，他从来都不想因为自己而使他热爱的祖国和人民蒙羞。

最让格列佛气愤的莫过于王后宠养的侏儒了。侏儒本来是巨人国里最小的矮人，但他还是有三十英尺高，

65

yǔ gé liè fó bǐ qǐ lái jiù suàn shì jù rén le　　zì cóng gé liè fó
与 格 列 佛 比 起 来 就 算 是 巨 人 了。 自 从 格 列 佛

lái dào huáng gōng hòu　wáng hòu jiù bú zài chǒng ài zhū rú　suǒ yǐ zhū rú
来 到 皇 宫 后, 王 后 就 不 再 宠 爱 侏 儒, 所 以 侏 儒

jiù fēi cháng jí dù gé liè fó　cháng cháng xiǎng fǎ zi zhuōnòng tā
就 非 常 嫉 妒 格 列 佛, 常 常 想 法 子 捉 弄 他。

yì tiān　zhè ge huài xiǎo zi chèn wáng hòu bú zhù yì　yì bǎ zhuā
一 天, 这 个 坏 小 子 趁 王 后 不 注 意, 一 把 抓

qǐ gé liè fó　rēng jìn yì zhī chéng mǎn nǎi lào de yín wǎn li　hái hǎo
起 格 列 佛, 扔 进 一 只 盛 满 奶 酪 的 银 碗 里。 还 好

gé liè fó shàncháng yóu yǒng　yào bu zǎo jiù zài wǎn li pū teng jǐ xià yān
格 列 佛 擅 长 游 泳, 要 不 早 就 在 碗 里 扑 腾 几 下 淹

sǐ le　děng dào xiǎo gū niang bǎ gé liè fó jiù qǐ lái de shí hou　tā
死 了。 等 到 小 姑 娘 把 格 列 佛 救 起 来 的 时 候, 他

hái shì yǐ jing hē
还 是 已 经 喝

le bù shǎo nǎi
了 不 少 奶

lào　qiāng de bù
酪, 呛 得 不

xíng le　dāng rán
行 了。 当 然,

zhè shì er ràng wáng
这 事 儿 让 王

hòu fēi cháng shēng qì
后 非 常 生 气。

kàn dào xīn ài de gé liè fó
看 到 心 爱 的 格 列 佛

jiù zhè me rèn rén qī fu　wáng hòu jué bú huì xiù shǒu páng guān　zuì hòu
就 这 么 任 人 欺 负, 王 后 决 不 会 袖 手 旁 观。 最 后

zhū rú hái shì shòu dào le chéng fá　āi le yí dùn tòng dǎ
侏 儒 还 是 受 到 了 惩 罚, 挨 了 一 顿 痛 打。

66

[英国] 乔纳森·斯威夫特

shí liù
jù rén guó jiàn wén
十六、巨人国见闻

　　巨人国是一个半岛，东北边界上是一条高
三十英里的山脉，山顶是火山口，因此根本无
法通过；就是最有学问的人，也不知道山那边
的事。王国的另外三面环海，海上波涛汹涌，
海岸边到处布满了尖利的岩石，没有人敢冒险
驾驶小船出海，可以说是个与世隔绝的地方。
这里的人几乎不到海里捕鱼，因为海里的鱼对
他们来说简直太小了；有时候，他们也会捉到
一条偶然撞死在岩石上的鲸鱼，然后饱餐一

顿。格列佛在国王的盘子里就看见过这样一条鲸鱼，但国王似乎并不爱吃。他们常吃的鱼，一般来自大河里，味道非常鲜美，而且和他们一样巨大。

这个国家人口稠密，有五十一座大城市，一百个有城墙的城镇和无数个村庄。格列佛最熟悉的就是"洛布鲁格鲁德"了，这是巨人国的京城。它横跨在一条大河上，大河从城中流过，将它分成大小几乎相等的两个部分。城里有八万多户人家，居民在六十万左右。

国王的宫殿是一座不规则的大厦，面积约七英里；房间一般都有四十英尺高。最令格列佛吃惊的是国王的厨房了。它的屋顶呈拱形，大约有六百英尺高。厨房里的大灶，差不多有圣保罗教堂的圆顶

nà me dà　zhè shì gé liè fó huí guó yǐ hòu tè bié cè liáng guò le de
那么大，这是格列佛回国以后特别测量过了的。

jù rén guó li zuì gāo de jiàn zhù　jù shuō shì yí zuò zhōng lóu
巨人国里最高的建筑，据说是一座钟楼。

yì tiān　gé liè fó hé tā de xiǎo bǎo mǔ qù yóu wán le yì fān　bú
一天，格列佛和他的小保姆去游玩了一番，不

guò gé liè fó shī wàng de huí lái le　zhè zuò zhōng lóu　cóng dì miàn dào
过格列佛失望地回来了。这座钟楼，从地面到

tǎ jiān zǒng gòng bú dào sān qiān yīng chǐ　rú guǒ hé jù rén men de shēn cái
塔尖总共不到三千英尺，如果和巨人们的身材

bǐ qǐ lái　tā jiù bú suàn tài gāo le
比起来，它就不算太高了。

[英国] 乔纳森·斯威夫特

十七、几件险事

王后和国王都非常喜欢格列佛,他们待他

很好,但是,在这儿格列佛还是遇到了许多麻

烦事。

有一次,格列佛和小保姆在王后的苹果园

里散步,这时侏儒也跟了进来。为了显示一下

自己的聪明,格列佛就和侏儒开起了玩笑。

"嘿,你又长高了!"

"什么?"侏儒吃惊地看看天。

格列佛顿了一下,接着说:"你都长得和王

后的苹果树一样高了。"

听到格列佛把自己与矮苹果树作比较，侏儒气坏了，抱着苹果树就在格列佛的头顶上疯狂地摇起来。

这一摇，情况可就不

好了，十二只酒桶大的苹果纷纷向格列佛砸过来。一见情况不妙，格列佛撒腿就跑，幸好跑得快，才只受了一点轻伤。

后来有一天，也是在这个花园里，格列佛遇上了一件更加危险的事。那天，格列佛想在花园里一个人静静地思考，于是，小保姆就和她的女朋友们上别处玩了。

当格列佛正想得出神的时候，花园总管养的一条长毛小白狗，不知什么时候跑进花园里来觅食。小狗一下子就闻到了格列佛的气味，于是，它冲上来，一口把格列佛叼起来，轻快地跑到它的主人跟前，得意地晃着尾巴。

可怜的管理员吓坏了，赶快轻轻地捧起晕过去了的格列佛。幸运的是，这只狗性格还算温顺。

jǐ fēn zhōng hòu gé liè fó zhēng kāi le yǎn jing yì
几分钟后，格列佛睁开了眼睛，一
diǎn yě méi yǒu shòu shāng lián yī fu yě méi yǒu pò
点也没有受伤，连衣服也没有破。

yīn wèi gé liè fó gè zi tài xiǎo jiù lián
因为格列佛个子太小，就连
xiǎo niǎo dōu bú pà tā dāng tā dú zì
小鸟都不怕他。当他独自
sàn bù de shí hou xiǎo niǎo men
散步的时候，小鸟们
zǒng zài tā de zhōu wéi tiào lái
总在他的周围跳来
tiào qù xún zhǎo máo mao chóng
跳去，寻找毛毛虫
hé qí tā shí wù
和其他食物。

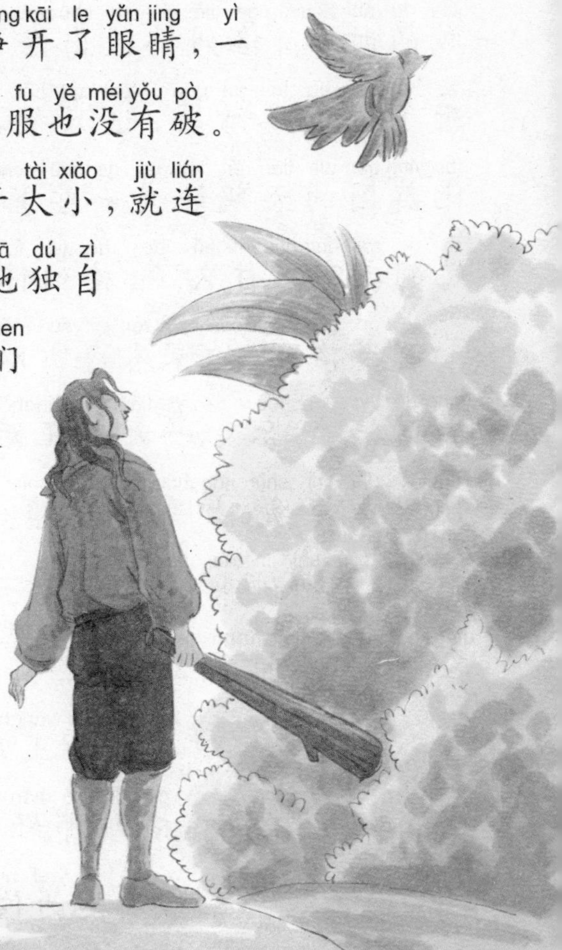

yǒu yì tiān yì zhī
有一天，一只
huà méi niǎo jìng gǎn yòng zuǐ
画眉鸟竟敢用嘴
bǎ gé liè fó shǒu shang de
把格列佛手上的
yí kuài bǐng gān qiǎng zǒu nà
一块饼干抢走，那
kě shì tā de zǎo cān ya
可是他的早餐呀！
gé liè fó shēn shǒu jiù zhuā guò qù méi xiǎng dào xiǎo niǎo hái gǎn huí guò
格列佛伸手就抓过去，没想到，小鸟还敢回过
tóu zhuó gé liè fó de shǒu zhǐ tou bú guò yǒu yì tiān gé liè fó jiǎn
头啄格列佛的手指头。不过有一天，格列佛捡
dào le yì gēn yòu cū yòu zhòng de duǎn gùn zi dāng xiǎo niǎo yòu lái shì
到了一根又粗又重的短棍子。当小鸟又来示

威的时候，格列佛使出全身力气，向一只红雀
砸了过去。结果，这只被打晕了的红雀（似乎
比英国的天鹅还大一些）成了格列佛的午餐。

在宫里住久了，格列佛经常想起他远在英
国的家人，所以很长时间都闷闷不
乐。一天，王后神秘地问起格列佛
海上航行的事，然后只见小保姆拿
进来一个大盒子，差不多有他的房
间那么大。

"尊敬的王后，请问盒子里是什
么？"格列佛好奇地问。

"我特地为你做的礼物，猜猜看。"

"海船？"格列佛想起王后刚才

wèn le tā háng hǎi de shì
问了他航海的事。

　　xiǎo bǎo mǔ dǎ kāi hé zi　　lǐ miàn yǒu yì zhī piàoliang de xiǎo yóu
　　小保姆打开盒子，里面有一只漂亮的小游

tǐng　chà bu duō kě yǐ zhuāng xià bā gè gé liè fó le　hòu lái　wáng
艇，差不多可以装下八个格列佛了。后来，王

hòu yòu mìng lìng pú rén zuò le yí gè shuǐ cáo
后又命令仆人做了一个水槽。

　　yú shì　　gé liè fó jiù chángcháng zài shuǐ cáo li huá huachuán duàn
　　于是，格列佛就常常在水槽里划划船，锻

liàn yí xià shēn tǐ　　yǒu shí
炼一下身体。有时，

wánghòu hé guì fù men chuī chui
王后和贵妇们吹吹

qì　huò zhě yòngshàn zi shān yí
气，或者用扇子扇一

zhènqiángfēng　gé liè fó jiù
阵强风，格列佛就

kě yǐ zì yóu zì zài de piāo zài
可以自由自在地漂在

shuǐshang le　huá wán hòu　xiǎo
水上了。划完后，小

bǎo mǔ jiù bǎ chuánshài gān　rán hòu
保姆就把船晒干，然后

guà zài tā de fáng zi li
挂在她的房子里。

不过，格列佛也有倒霉的时候。

一次，换水的仆人由于疏忽，结果把木桶里的大青蛙倒在了水槽里。

青蛙一直躲在水底。这天，格列佛一个人在船上躺着晒太阳，青蛙见有了一个休息的地方，就跳上格列佛的船。格列佛的船变得摇摇晃晃，最可恶的是，青蛙一点也不怕和自己一样大小的格列佛，还把黏呼呼的东西，喷得格列佛脸上、身上到处都是。格列佛用桨狠狠地打了它一阵子，终于赶走了这只巨蛙。

······

格列佛还被王宫里的一只猴子惊吓过，结果这些事都成了国王和王后的笑料，因为小保姆老是以最快的速度把格列佛干的傻事报告给王后。

[英国] 乔纳森·斯威夫特

十八、国王的拒绝

大人国的国王是一位很贤明的君王。他经常在自己的卧室里召见格列佛，听格列佛讲关于英国和欧洲的制度、法律和政府机构的设置，看有没有值得效法的地方。听到一些他认为很有价值的东西他还拿起笔认真地记录。

在第六次召见的时候，国王停下了笔，问格列佛："你们国家用什么方法来培养贵族？新封的贵族必须具备哪些条件？神圣的教士，是不是他们对宗教事务具有渊博的知识，生活

77

特别圣洁？你们的选举是否都是公正无私的？……"国王一口气问了格列佛一大堆的问题，对有些情况还不时提出异议和批评。

格列佛不得不承认国王的分析能力，这些问题让他回答起来十分困难。他有些吞吞吐吐的："这个……有的……不全是……"

国王见格列佛很尴尬，便转换了话题说："你上次说贵族在娱乐时常常喜欢赌博，他们会不会输光了钱而变成穷人？一些心术不正的人，会不会因为赌技高超而变成巨富？"

"这？"

格列佛一下子愣住了。

一直以来，格列佛都是如

cǐ de rè ài zì jǐ de zǔ guó tā cóng lái yě méi yǒuxiǎngguò guówáng
此地热爱自己的祖国,他从来也没有想过国王

suǒshuō de wèn tí jīn tiān jīng guówángzhè me yí wèn tā cái fā
所说的问题。今天,经国王这么一问,他才发

xiànyuán lái zì jǐ de zǔ guó yǒu nà me duō de wèn tí hé quē diǎn bú
现原来自己的祖国有那么多的问题和缺点。不

guò gé liè fó kě bù gān xīn jiù zhè me bèi guówángqiáo bu qǐ
过,格列佛可不甘心就这么被国王瞧不起。

dì èr tiān dāng gé liè fó zǐ xì de fān yuè le guówáng de tú
第二天.当格列佛仔细地翻阅了国王的图

shūguǎnhòu tā zhōng yú xiǎngdào le yí gè kě yǐ wǎn huí miàn zi zhèng
书馆后,他终于想到了一个可以挽回面子,证

míngyīng guó rén mín zhì huì de hǎo zhǔ yi yú shì tā xìngchōngchōng
明英国人民智慧的好主意。于是,他兴冲冲

de zhǎodào le guówáng
地找到了国王。

guówáng bì xià gēn jù lì shǐ jì zài nín de zǔ fù céngjīng
"国王陛下,根据历史记载,您的祖父曾经

镇压过一场贵族叛乱吧？"

"嗯，的确有这件事。"国王的心情有些沉重。

"我国有一种先进的技术，如果用在军事上，您以后就不需要为统治发愁了！"

"那是什么东西？"

"它叫火药，如果把一定量的火药装在一根铜管或铁管里，然后借助火力，它就可以将一枚铁弹或铅弹发射得很远，什么东西也挡不住它的力量和速度。它不仅可以将一支军队一下子消灭掉，还可以把最坚固的城墙炸成平地。这很厉害吧！"格列佛得意地说。

"你快住嘴，这太可怕了！"

国王脸色大变，他没想到像格列佛这样一

种"卑贱的昆虫"，竟会怀有如此残忍的想法，还说得这么轻巧和随便，简直连一

点人性都没有。他甚至觉得格列佛的同类堪

称是地面上爬行的害虫中最恶毒的一类。

他沉着脸说：

"这种可怕的武器一定是一个恶魔发明

的。我宁愿失去王位，也不会干这样罪恶的事

情。如果你以后再说出这样可怕的话，我会判

你死刑的。"

[英国] 乔纳森·斯威夫特

十九、格列佛掉进大海

转眼间，两年过去了。格列佛非常渴望获得自由，回到自己的祖国去看看家乡的亲人。但他怎么也没想到，他会以那样一种方式离开大人国。

事情大致是这样的。大约在第三年开始的时候，格列佛和小保姆陪同国王和王后到南海岸巡游。和平常一样，他们把格列佛放在旅行箱里带着。说是旅行箱，其实是一幢舒适的房子，格列佛还用四根丝线做了一个吊床，这

82

样就可以减轻旅行路上的颠簸。在吊床的顶上，宫里的木匠为格列佛开了一个有盖的小孔，用来呼吸新鲜空气。

当巡游结束的时候，国王提议到弗兰弗拉斯尼克的一座行宫去住几天。弗兰弗拉斯尼克是离海边不到十八英里的一座城市。由于长途的旅行，格列佛和小保姆都着凉了，那个可怜的小姑娘病得非常重。

一连几天，格列佛都闷在国王的行宫里。

一天，格列佛对国王说他想看看大海，国王欣然同意了。由于小姑娘病得出不了门，国王便另派了一个仆人照顾格列佛。小姑娘当时哭成了一个泪人儿，好像预感到什么事要发生了。

经过半个小时，他们到了海边。格列佛让仆人把箱子放在地上，他想在吊床上睡一会儿，晒晒太阳。仆人怕格列佛再受凉，就小心地把窗子关上了。过了一会儿，仆人见格列佛睡着了，想想反正没有什么事，就到附近的岩石里掏鸟蛋去了。

不知过了多久，睡梦中的格列佛突然被什么声音惊醒了，他感到整个房间在剧烈地震动。他死死地抓住吊床，但连人带箱子还是继续向前飞驰。

"砰！"原来是一只巨鹰衔着格列佛住的箱子的铁环，将箱子朝岩石上撞去。碰撞后的箱子仍完好无损，只是格列佛感觉房间在急速下落，然后激起一阵巨大的水柱。这又是怎么一回事？格列佛还没弄清楚，就被震晕了过去。

[英国] 乔纳森·斯威夫特

二十、漂流的房子

过了很久，格列佛清醒了过来，身上湿湿的。他这才发现地板上已经渗进了一些水。格列佛尽了全力将漏水处堵住，接着重新爬到吊床上。他想打开顶部的空气孔，从那里爬到屋顶上，这样就可以多活几个小时。可是，一切只是徒劳。格列佛只好绝望地躺在床上，静静地等待死神降临。

突然，整个房间又晃动起来。格列佛只好紧紧地抓住吊床。这时吊床的顶部传来很

重的缆绳拖动的声音。这个声音在格列佛
听来是如此亲切，让他不觉浑身一振。他又看
到了生命的曙光。

"救命啊，救命！"

"谁啊，快救救我！"

……

"喂，下面有人吗？"

"我是英国人，救救我。"

格列佛只听到一阵嘈杂，然后他的房子开
始一点点地上升了。

"喂！喂！……"靠近空
气孔的地方有人在叫喊，
"木箱子已经拴到船上，
我们将找木匠锯一个大洞
救你出来。"

几分钟以后，格列佛

de diàochuángdǐngshangchū xiàn le yí gè sì yīng chǐ jiàn fāng de dòngkǒu
的吊床顶上出现了一个四英尺见方的洞口，
yì bǎ tī zi cóng wài mianfàng le jìn lái
一把梯子从外面放了进来。

huò jiù de gé liè fó gāo xìng de cóng tī zi shang pá le chū lái
获救的格列佛高兴地从梯子上爬了出来，
què tū rán bèi shuǐshǒumen de yàng zi xià lèng le
却突然被水手们的样子吓愣了。

nǐ men nǐ men zěn me dōu zhè me xiǎo
“你们……你们怎么都这么小？”

wǒ men xiǎo shuǐshǒumen chī jīng de wàngzhe gé liè fó
“我们？小？”水手们吃惊地望着格列佛，
yǐ wéi tā de jīng shén yǒu máo bìng le
以为他的精神有毛病了。

nà li gé liè fó zhǐ zhe yǎn qián jù dà
“那里，”格列佛指着眼前巨大
de mù xiāng zi shuō wǒ de fáng zi li hái yǒu jǐ jiàn
的木箱子说，“我的房子里还有几件
zhēn guì de jiā jù néng bu néngbāng wǒ ná shàng lái
珍贵的家具，能不能帮我拿上来？”

shuǐshǒumengèng jiā huái yí gé liè fó de nǎo zi
水手们更加怀疑格列佛的脑子
yǒu máo bìng le dàn tā men hái shì bǎ xiāng zi li de
有毛病了，但他们还是把箱子里的
dōng xi qǔ le shàng
东西取了上
lái
来。

hòu lái gé liè fó sī lù
后来，格列佛思路
qīng xī de bǎ tā zài jù rén guó
清晰地把他在巨人国

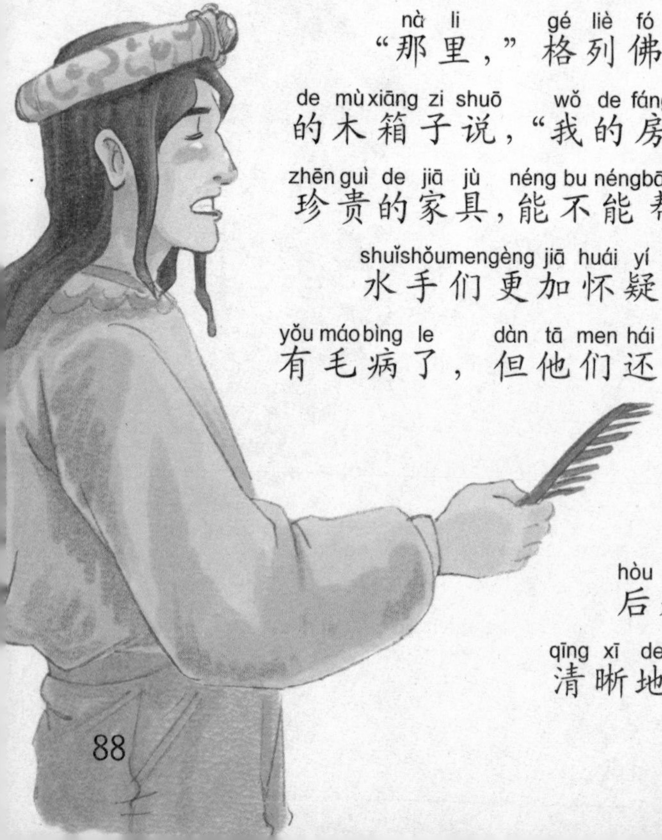

de zāo yù jiǎn lüè de jiǎng le yí biàn yǒu jǐ fēn xué wèn de chuánzhǎng
的遭遇简略地讲了一遍，有几分学问的船长，
hěn kuài jiù xiāng xìn gé liè fó shì zhèngcháng de
很快就相信格列佛是正常的，
yě xiāng xìn tā shuō de dōu shì shí huà
也相信他说的都是实话。

kàn zhè shì wánghòu sòng
“看，这是王后送
gěi wǒ de jīn jiè zhi gé liè
给我的金戒指。”格列
fó bǎ tā dài zài tóu shang
佛把它戴在头上
xiàng dà jiā xuànyào le yì
向大家炫耀了一
fān rán hòu cái jì xù shuō zhè shì cóngwánghòu de xiǎo zhǐ shang qǔ
番，然后才继续说，“这是从王后的小指上取
xià lái de nà tiān tā yí xià zi jiāng tā tào zài le wǒ de bó zi shang
下来的，那天她一下子将它套在了我的脖子上。”

shuǐshǒumen yí gè gè zǐ xì de kàn le kàn guǒ rán shì chún jīn
水手们一个个仔细地看了看，果然是纯金
de ér qiě shàngmian yǒu hěn duō huā wén jīng qiǎo de shǒugōngràng tā men
的，而且上面有很多花纹，精巧的手工让他们
jīng tàn bù yǐ
惊叹不已。

gé liè fó yòu ná chū yì bǎ shū zi lái zhè shì yòng guówáng
格列佛又拿出一把梳子来。这是用国王
de hú zi chá zuò de chǐ wánghòu de zhǐ jia zuò le shū zi de bèi
的胡子茬做的齿，王后的指甲做了梳子的背，
shuǐshǒumencóng lái dōu méi jiàn guò zhè yàng qí guài de dōng xi
水手们从来都没见过这样奇怪的东西。

zuì hòu gé liè fó hái qǐng tā men kàn le kàn tā de kù zi
最后，格列佛还请他们看了看他的裤子，

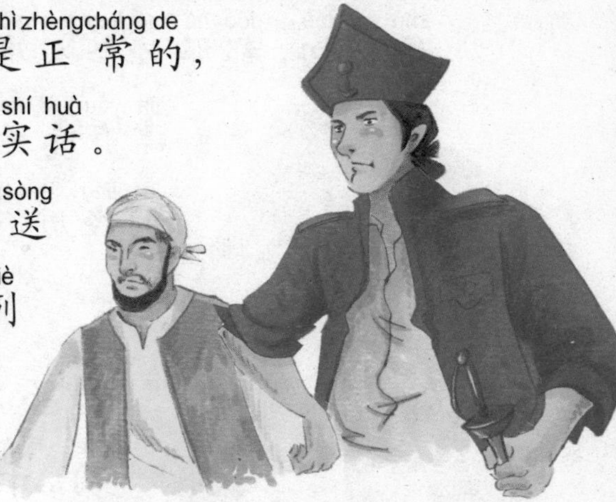

那是用一只老鼠的皮做成的。

这一切，都那么令人难以置信。水手们津津有味地听着格列佛讲自己的经历，简直像听天方夜谭。

船长看见格列佛精神不太好，又浑身湿淋淋的，于是就请格列佛在他的床上睡下了。

几个小时后，格列佛醒来了。他来到了甲板上，看看蓝天白云，觉得自己好像做了一场梦。

"你好，你醒了。"一个水手向他亲切地打招呼。

马上又有几个人围在他的身边。

"你真的住在那个箱子里吗？"

"我们远远地发现它时，还以为是一艘帆

船呢！"

"是啊，船长要我们买些淡水和饼干回来，我们却发现了那个箱子。"

"我们坐舢板过去时害怕极了。"

"我告诉船长，'我发誓看到一座漂流的房子'时，他还不相信。"

……

水手们七嘴八舌地议论着。

格列佛突然想起一件事，他问水手们有没有看见鹰一类的水鸟。

"对，是有两只，但是很小。"

格列佛一下子全明白了。原来，有一只鹰想在海滩上

91

猎食，凭借着锐利的眼睛，它很快就发现了格列佛的房子。然后，这只鹰就用嘴把房子上的铁环叼了起来，准备像对付缩在壳里的乌龟一样对付它。通常，苍鹰在抓到乌龟之后就会把乌龟摔到岩石上，等到龟甲碎后，就可以把里面的肉啄出来吃。

但是后来，又来了一只争食的鹰，它们打起来后，谁也不顾及格列佛和他的箱子了。于是，格列佛连同他住的箱子一起掉进了大海里。因为水手们离得太远了，所以他们才说看见两只很小的鹰。

92

[英国] 乔纳森·斯威夫特

二十一、回到家的格列佛

格列佛上船后的第二天就遇到了顺风。

1706年6月3日，船到达唐兹锚地，这时离格列佛脱险大约已经九个月了。

一路上，格列佛怕踩到路上的行人，常常高声叫喊着要他们让路。有一次，因为这样的无礼，他差点被打得头破血流。

格列佛回到家后，一个佣人给他开了门，结果他像鹅一样弯腰走了进去，还担心门太矮了，会碰着他的头呢！当妻子跑出来拥抱他的

shí hou gé liè fó bǎ yāo yì zhí wān dào qī zi de xī gài yǐ xià
时候，格列佛把腰一直弯到妻子的膝盖以下。

gé liè fó jū gāo lín xià de kàn jiā li de měi yí gè rén hé lái fǎng
格列佛居高临下地看家里的每一个人和来访

de péngyou zǒng jué de tā men tài ǎi le dà jiā dōu jué de gé liè
的朋友，总觉得他们太矮了。大家都觉得格列

fó de shén jīng shī cháng le
佛的神经失常了。

qí shí zhè xiē dōu shì gé liè fó zài dà rén guó zhù de jiǔ le
其实，这些都是格列佛在大人国住得久了

suǒ xíngchéng de xí guàn hòu lái děng gé liè fó huī fù zhèngcháng zhī
所形成的习惯。后来，等格列佛恢复正常之

hòu tā jiù zài yě méi yǒushuōzhè xiē kě xiào de huà le
后，他就再也没有说这些可笑的话了。

94

[英国] 乔纳森 · 斯威夫特

èr shí èr　　zāo yù hǎi dào
二十二、遭遇海盗

　　gé liè fó zài jiā li hái méi yǒu dāi dào shí tiān　　tā de lǎo péng
格列佛在家里还没有待到十天，他的老朋
you　　　　hǎo wàng hào　de chuán zhǎng luó bīn xùn　　jiù lái kàn wàng tā le
友——"好望号"的船长罗宾逊，就来看望他了。

　　lǎo péng you　　kàn lái nǐ huī fù de bú cuò a
　　"老朋友，看来你恢复得不错啊！"

　　gé liè fó yōng bào le yí xià tā de péng you　shuō　　nǐ yě yí
　　格列佛拥抱了一下他的朋友，说："你也一
yàng　shēn tǐ hái shì zhè me bàng
样，身体还是这么棒。"

　　lǎo chuán zhǎng bǎ gé liè fó yáo le yáo　xiàng tā tí yì　　gēn
　　老船长把格列佛摇了摇，向他提议："跟
wǒ yí kuài chū hǎi ba　liǎng gè yuè hòu qù dōng yìn dù qún dǎo　wǒ tài
我一块出海吧，两个月后去东印度群岛，我太
xū yào nǐ le
需要你了！"

　　gé liè fó de qī zi shuō shén me yě bù dā ying　　yīn wèi chū hǎi
　　格列佛的妻子说什么也不答应，因为出海

太危险了。反正现在他们的日子过得挺不错，不再需要格列佛出海奔波了。但是格列佛碍于老朋友的面子，加上他在家待上一段日子后，心里痒痒的，早就想再次出海了，所以最终他还是同意了。

1706年8月5日，格列佛又一次远航了。第二年的4月11日，他们到达了圣乔治亚塞。因为一些水手病倒了，他们在那儿耽搁了三个星期。老是这样下去可不行。后来船长就买了一艘单桅帆船，委任格列佛担任船长，继续航行；他自己要在东京处理一些事务。

格列佛的船航行不到三天，海上就起了大风暴。他们向正北偏东方向漂流了五天后，又被吹到了东边。到了第十天，有两艘海盗船开始追赶他们。由于单桅帆船负载太重，

xíng shǐ de hěn màn suǒ yǐ hěn kuài jiù bèi hǎi dào chuán zhuī shàng le
行驶得很慢，所以很快就被海盗船追上了。

kuài dūn xià bú yào fǎn kàng kuài diǎn hǎi dào men jiào zhe
"快蹲下，不要反抗！快点！"海盗们叫着。

gé liè fó tā men shùn cóng le yīn wèi tā men zhī dào chuán shang
格列佛他们顺从了，因为他们知道，船上

de shuǐ shǒu tài shǎo yòu méi yǒu rèn hé wǔ qì rú guǒ fǎn kàng de huà
的水手太少，又没有任何武器；如果反抗的话，

bì rán huì bèi shā sǐ
必然会被杀死。

liǎng sōu chuán shang de hǎi dào jī hū tóng shí shàng le gé liè fó de
两艘船上的海盗几乎同时上了格列佛的

chuán tā men qì shì xiōng xiōng de bǎ gé liè fó hé shuǐ shǒu men bǎng le
船。他们气势汹汹地把格列佛和水手们绑了

gè jiē shi rán hòu jiù fēn tóu qù qiǎng chuán shang de qián cái qù le
个结实，然后就分头去 抢船上的钱财去了。

yǒu yí gè hǎi dào tóu zi sì hū shì hé lán
有一个海盗头 子似乎是荷兰

97

rén   yīn wèi gé liè fó céng jīng zài hé lán zhù guò hěn jiǔ   néng shuō yì
人，因为格列佛曾经在荷兰住过很久，能说一

kǒu liú lì de hé lán huà   yú shì   tā qǐng qiú hé lán rén bú yào shāng
口流利的荷兰话；于是，他请求荷兰人不要伤

hài tā men de xìng mìng   dàn shì   zhè ge xiōng hěn de hé lán rén yòng hé
害他们的性命。但是，这个凶狠的荷兰人用荷

lán huà bǎ tā men jī ji gū gū de zhòu mà yí tòng   fā shì shuō yí dìng
兰话把他们叽叽咕咕地咒骂一通，发誓说一定

yào bǎ tā men rēng dào dà hǎi li qù wèi shā yú   hòu lái gé liè fó
要把他们扔到大海里去喂鲨鱼。后来，格列佛

yòu qù qǐng qiú lìng liǎng wèi chuán zhǎng   qí zhōng de yí wèi rì běn chuán zhǎng
又去请求另两位船长，其中的一位日本船长

bǎo zhèng bú huì shāng hài tā   zuì hòu   tā men jué dìng bǎ gé liè fó
保证不会伤害他。最后，他们决定把格列佛

fàng zài yì zhī dú mù zhōu li   ràng tā zài hǎi shang suí bō zhú liú
放在一只独木舟里，让他在海上随波逐流。

[英国] 乔纳森·斯威夫特

二十三、不明飞行物

海盗们在格列佛的独木舟上留下了桨和帆以及够吃四天的食物。那位日本船长尤其好心,他给格列佛又偷偷地留了一些食物,并且不让任何人搜格列佛的身。

上了独木舟后,格列佛很幸运地遇到了顺风,他扬起帆,决定把船摇到最近的一座岛上去。大约过了三个小时,格列佛终于到了那里。岛上全是岩石,不过格列佛捡到了不少鸟蛋。他用干海藻将鸟蛋烤熟,吃了几个,然

hòu zhǎo le yí kuài yán shí de bì fēng chù shuì le jìn qù
后找了一块岩石的避风处睡了进去。

dì èr tiān gé liè fó xiàng lìng yí zuò dǎo shǐ qù jiē zhe yòu
第二天，格列佛向另一座岛驶去，接着又

huà xiàng dì sān zuò dǎo dì sì zuò dǎo wǔ tiān hòu gé liè fó dào
划向第三座岛、第四座岛……五天后，格列佛到

dá le tā suǒ néng kàn jiàn de zuì hòu yí zuò dǎo yǔ
达了他所能看见的最后一座岛屿。

zhè zuò dǎo shang yě biàn bù zhe yán shí zhǐ yǒu jǐ chù diǎn zhuì zhe
这座岛上也遍布着岩石，只有几处点缀着

yí cù cù de qīng cǎo hé   sàn fā zhe xiāng wèi de yào
一簇簇的青草和 散发着香味的药

cǎo gé liè fó chī le yì diǎn diǎn shí wù rán hòu bǎ shèng xià de quán
草。格列佛吃了一点点食物，然后把剩下的全

bù cáng dào yí gè dòng xué li tā yòu chèn zhe tiān hái méi yǒu hēi xià
部藏到一个洞穴里。他又趁着天还没有黑下

lái gǎn jǐn zhǎo le xiē niǎo dàn hé pū chuáng yòng de gān hǎi zǎo hé gān
来，赶紧找了些鸟蛋和铺床用的干海藻和干

cǎo rán hòu shuì le xià qù
草，然后睡了下去。

当格列佛醒来时，天已经大亮。格列佛在岩石间走了一会儿，就被大太阳烤得头昏眼花的。就在这时，格列佛忽然觉得天一下子就暗了下来。他抬起头，只见一个巨大的不透明物体正朝自己所在的岛飞来。它看上去像一座大岛，底部很平滑，在海水的反射下闪闪发亮。

格列佛拿出袖珍望远镜一看，不禁被吓了一跳。"天哪，上面有人！"格列佛清楚地看到有很多人在上面走来走去。

当大岛靠得更近的时候，格列佛更惊讶了。岛的四周全是一层层的走廊，每隔一段距离就有一段可供上下的楼梯。在

最下面一层的走廊上，格列佛还看到一些人拿

着长长的鱼竿在那里钓鱼，其他一些人在一

旁观看。

格列佛一边向岛上的人大叫，一边挥动着

便帽和手帕。空中的人朝着格列佛的岛屿指

指点点，似乎发现了他。很快，大岛就不

断下落，最后停在了格列佛

的上空。

大岛上缓缓放下一根

铁链，链子的末端拴着一个

座位。格列佛把自己在

座位上系好后，空

中的人就用滑轮把

他拉了上去。

[英国] 乔纳森·斯威夫特

二十四、怪异的勒皮他人

　　格列佛上岛以后，就被一群人团团地围住了。他惊讶得睁大了眼睛，因为他从来没有看到过长得这么古怪的人。

　　这些人的脑袋不是向右偏就是向左歪；眼睛是一只内翻，一只向上瞪着。他们的外衣上装饰着太阳、月亮和星星的图案，还交织着提琴、长笛、竖琴、军号、六弦琴以及许许多多格列佛没有见过的乐器的图形。

　　四周还有不少穿着仆人服装的人，他们

shǒu li ná zheduǎngùn duǎngùn de yì duānbǎngzhe yí gè gǔ gǔ de qì
手里拿着短棍，短棍的一端绑着一个鼓鼓的气

náng
囊。

　　gé liè fó hòu lái cái zhī dào   měi yí gè qì náng li dōuzhuāng
格列佛后来才知道，每一个气囊里都装

zhe shǎoliàng de gān wān dòu huò zhě xiǎo shí zi   pú rén men yào shí bù shí
着少量的干豌豆或者小石子，仆人们要时不时

yòng zhè xiē qì náng pāi dǎ tā men zhǔ rén de zuǐ ba hé ěr duo
用这些气囊拍打他们主人的嘴巴和耳朵。

　　zhè shì yīn wèi zhǔ rén men lǎo shì zài míng sī kǔ xiǎng   rú guǒ bù
这是因为主人们老是在冥思苦想，如果不

gěi tā men de zuǐ ba hé ěr duo yì diǎn cì jī   tā men jiù bú huì shuō
给他们的嘴巴和耳朵一点刺激，他们就不会说

huà   yě tīng bu dào bié rén shuō huà   yǒu qián rén jiā zhōngdōu huì yǎng zhe
话，也听不到别人说话。有钱人家中都会养着

yì míng   pāi shǒu   dāng xǔ duō rén zài yì qǐ shí   pāi shǒu jiù yòng
一名"拍手"，当许多人在一起时，"拍手"就用

qì náng xiān qīng qīng de pāi yí xià yào shuō huà rén de zuǐ zài pāi yí xià
气囊先轻轻地拍一下要说话人的嘴，再拍一下

tīng tā shuō huà rén de yòu ěr
听他说话人的右耳

duo   zhǔ rén zǒu lù de
朵。主人走路的

shí hou   pāi shǒu yě
时候，"拍手"也

chángyào zài zhǔ rén de
常要在主人的

yǎn jing shang qīng qīng
眼睛上轻轻

pāi dǎ yí xià   yǐ
拍打一下，以

防主人不小心撞在柱子上或者掉进水沟里。

因为每一个上岛的人都要向国王报告，所以他们领着格列佛沿着楼梯往岛的顶部爬去。大约爬过四十四节楼梯，他们终于到达了王宫。

国王正坐在宝座上，两旁立着高官显贵们。国王的面前有一张大桌子，上面摆满了天球仪和地球仪以及各种各样的数学仪器。

guówángzhèngdīng zhe yí qì fā dāi yì diǎn yě méi yǒu zhù yì dào
国王 正盯着仪器发呆，一点也没有注意到

gé liè fó
格列佛。

dà yuē guò le yí gè xiǎo shí yí gè
大约过了一个小时，一个

shì cóng jiàn guówáng kòng le xià lái jiù qīng qīng
侍从见国王空了下来，就轻轻

de pāi le tā yí xià guówáng zhè cái xiàng cóng
地拍了他一下。国王这才像从

mèng zhōng jīng xǐng le yí yàng cháo zhe gé liè fó
梦中惊醒了一样，朝着格列佛

de fāngxiàng kàn guò qù tā wèn le gé liè fó
的方向看过去。他问了格列佛

jǐ gè wèn tí gé liè fó jìn liàng yòng tā dǒng
几个问题，格列佛尽量用他懂

dé de měi yì zhǒng yǔ yán lái huí dá guówáng
得的每一种语言，来回答国王，

kě shì dà jiā yì diǎn yě bù dǒng
可是大家一点也不懂。

hòu lái zhè wèi hào kè de guówáng jiù
后来，这位好客的国王就

ràng pú rén bǎ gé liè fó dài dào lìng yì jiān fáng
让仆人把格列佛带到另一间房

zi li bìng qiě ràng sì gè dà chén péi zhe tā
子里，并且让四个大臣陪着他。

wǎn fàn de shí hou yí gòng shàng le liǎng
晚饭的时候，一共上了两

dào cài měi yí dào sān pán dì yī dào cài
道菜，每一道三盘。第一道菜

是切成等边三角形的一块羊肩肉、一块切成菱形的牛肉和一块圆形的布丁。第二道菜是两只鸭子，给捆扎成了小提琴形状，还有一些像长笛和双簧管的香肠和布丁，以及形状像竖琴的一块小牛胸肉。

仆人们把面包也切成圆锥形、圆柱形、平行四边形和其他的一些几何图形。

吃完饭后，国王派了一个人来。这个人拿着笔墨纸张和三四本书，还随身带着一个"拍手"。他是奉命教格列佛学习语言的。

格列佛这才知道，飞岛的真正名字叫"勒皮他"。

[英国] 乔纳森·斯威夫特

èr shí wǔ　　qǐ rén yōu tiān
二十五、杞人忧天

ài　tài yáng de néng liàng kuài yào xiāo hào wán le ba
"唉，太阳的能量快要消耗完了吧。"

jīn tiān de rì luò hái zhèng cháng ma
"今天的日落还正常吗？"

dì qiú lí tài yáng yuè lái yuè jìn le　wǒ men huì bèi kǎo jiāo de
"地球离太阳越来越近了，我们会被烤焦的。"

huì xīng mǎ shàng yào zhuàng jī dì qiú le　gāi zěn me bàn ne
"彗星马上要撞击地球了，该怎么办呢？"

……

lái dào dǎo shang bù jiǔ　gé liè fó jiù fā xiàn dǎo shang de jū mín
来到岛上不久，格列佛就发现岛上的居民

shí fēn de kě xiào
十分地可笑。

tā men zǒng shì huáng huáng bù ān de　yí huì er dān xīn tiān yào
他们总是惶惶不安的，一会儿担心天要

pò le　yīn wèi chòu yǎng céng yuè lái yuè xī bó　yí huì er yòu dān xīn
破了，因为臭氧层越来越稀薄；一会儿又担心地球要毁灭了。总之,他们心里一刻也得不到宁静。天体发生的任何变化,都会令他们十分地担忧。

有时,他们担心太阳不断向地球靠近,最终会将地球吸掉。他们也会担心太阳表面会逐渐被它自身所散发出的臭气笼罩,这样阳光就再也照不到地球上来了。他们还会担心三十一年之后,彗星将再次出现,并将地球撞毁。他们甚至都想到太阳每天都在燃烧,却得不到任何补充,当太阳耗尽的时候,地球也会随之毁灭……

尽管他们所做的推测并不完全正确,那些担心也显得多余,但格列佛还是很佩服他们。毕

109

竟，要研究这些天文学问题，是需要付出很大的努力的。

格列佛后来认识了几位飞岛上的天文学家，他们一生中的绝大部分时间都在观察天体。他们最大的望远镜长度不到三英尺，观察天体的效果却远远超过了欧洲的天文设备，使各种星宿看起来更加清楚。

他们所取得的天文学成就也是很大的。他们已经观察到了九十三颗不同的彗星，并且非常精确地计算出了它们运转的周期。如果这一成果公之于世的话，一定会让欧洲的天文学家们震惊。他们还编制了一份万座恒星表，而格列佛的同胞们所发现的恒星数目，还远远不到这里的三分之一……

[英国] 乔纳森·斯威夫特

二十六、天文学家之洞

格列佛在语言老师的帮助下很快地掌握了勒皮他语，还得到了国王的允许，可以自由地在岛上四处参观。

这个飞岛呈正圆形，直径约有七千八百三十七码，或者说四英里半，所以面积大概有十万英亩。岛的厚度有三百码。在下面的人看来，岛的底部是一块平滑、匀称的金刚石，厚度约为两百码。金刚石板的上面，按照常规的顺序一层层地埋藏着各种矿物，最上面的

yì céng shì shí dào shí èr yīng chǐ hòu de sōngruǎn féi wò de tǔ rǎng
一层是十到十二英尺厚的松软肥沃的土壤。

dì miànshangcóngbiānyuán dàozhōng xīn xíngchéng yí gè xié pō zhè
地面上从边缘到中心形成一个斜坡，这

yàng suǒ yǒu jiàng luò zài dǎoshang de yǔ jiù huì yán zhe xié pō liú dào
样所有降落在岛上的雨，就会沿着斜坡流到

zhōng xīn zhōu wéi de sì gè dà táng li rú guǒ jī shuǐ tài duō guó
中心周围的四个大塘里。如果积水太多，国

wáng kě yǐ bǎ dǎoshēngdào yún wù shàngmian yǔ lù
王可以把岛升到云雾上面，雨露

jiù bú huì luò zài dǎoshang le
就不会落在岛上了。

dǎo de zhōng
岛的中

xīn yǒu yí gè zhí
心有一个直

112

径约为五十码的大窟窿，天文学家称之为"佛兰多纳·革格诺尔"，意思是"天文学家之洞"，这就是飞岛的秘密所在了。洞

里有二十盏长明灯，金刚石板的反射又将强烈的灯光投射到四面八方。在天文学家的引导

下，格列佛看见一大堆五花八门的天文仪器，如六分仪、四分仪、星盘、望远镜等等。

"这块石头的样子很奇怪！"格列佛在一块像织布梭子的石头面前待住了。

"来，你摸摸看。"

格列佛的手指立刻被一股强大的力给吸住了，手上的戒指不由自主地往前滑落。

"啊，磁石！"

站在一旁的天文学家看着惊呆了的格列

佛，自豪地说："它可以决定飞岛的命运。"

只见磁石长六码，最厚的地方至少有三码。

磁石中间穿着一根极其坚硬的金刚石轴，依靠这轴，磁石可以转动。磁石的外面套着一个四英尺深、四英尺厚、直径十二码的金刚石圆筒，圆筒平放在那儿，底部由八根六码长的金刚石柱子支撑着。圆筒内壁的中部，是一个深十二英寸的凹口，轴的两端就装在里面，可根据需要随时

转动。但是磁石是无法移动的，因为它和底部的金刚石板是紧紧连在一起的。

"这简直太神奇了！"格列佛感叹着。

天文学家指着磁石的两端，继续说："你瞧，磁石的这端具有吸力，那端具有推力。如果把磁石竖起来，让有吸力的一端指向地球，岛就会下降；反之，让有推力的一端指向地球，岛就会直线上升。"

"那假如磁石的位置倾斜呢？"格列佛迫不及待地问道。

"当然，岛的动向也是倾斜的，因为磁石所具有的力量总是在与它平行的线上发生运动。"

"飞岛可以去任何地方吗？"格列佛问。他

想，如果把飞岛开到英国的上空，人们会多么惊奇啊，一定还以为又来了一个UFO呢。

"目前是不行的。飞岛运行的范围，不能超出下方国王的领地，也不能上升到四英里以上的高空。"

"这是为什么呢？"格列佛有点失望了。

"因为磁石在四英里以上的高度不能起作用。在地球这一带的地层里，以及离岸四英里的海上，能对磁石发生作用的矿物并非遍布全球，而是仅仅在国王的领土内。"天文学家解释着。

[英国] 乔纳森·斯威夫特

èr shí qī　　zhèn yā pàn luàn
二十七、镇压叛乱

　　　　zài qiánwǎngshǒu dū　lā gé duō de　tú zhōng　guówángcéng xià lìng fēi
　　在前往首都拉格多的途中，国王曾下令飞

dǎo zài　jǐ　gè chéngzhèn hé xiāngcūn de shàngkōng tíng liú　　yǐ biàn xià miàn
岛在几个城镇和乡村的上空停留，以便下面

de　bǎi xìngnénggòu jìn jiàn　　　tā menjiāng jì　yǒuzhòng wù de shéng zi fàng
的百姓能够进谏。他们将系有重物的绳子放

xià qù　　děng xià fāng de bǎi xìng bǎ　tā men de qǐngyuàn shū jì zài shéng zi
下去，等下方的百姓把他们的请愿书系在绳子

shang zhī hòu　　zài zhí jiē　lā shàng lái
上之后，再直接拉上来。

　　　　zhè tiān　　guówáng de　fēi dǎo tíng liú zài　　jùn de shàngkōng　　kě
　　这天，国王的飞岛停留在A郡的上空，可

shì xià fāng yì diǎndòngjìng yě méi yǒu　gé liè fó fēi cháng nà mèn　qiāo
是下方一点动静也没有。格列佛非常纳闷，悄

qiāo de wèn tā　de lǎo shī　　jīn tiān zěn me méi yǒu rén lái wèn hòu guó
悄地问他的老师："今天怎么没有人来问候国

wáng bì　xià
王陛下？"

"你不知道，他们和国王已经僵持一个多月了。"

"出了什么事吗？"

"下面的百姓强烈地要求减税，真是越来越不把国王放在眼里了！"

"国王可以出动武力镇压啊！"格列佛认为，按照欧洲历史的记载，百姓们在统治者的军队、刺刀、炮火面前都会乖乖听话的。

老师摇了摇头，说："国王的产业主要在飞岛上，要是国王下岛去镇压的话，下面的居民叛乱起来就会把国王杀死。"

"有这种事？那么国王有什么办法使他们归顺呢？"这里的事情使格列佛越来越无法理解了。

"一般来说，国王有两种手段可以使他们归顺。第一种手段比较温和，就是让飞岛浮

在这座城市的上空，剥夺人们享受阳光和雨水的权利，使居民们遭受饥荒和疾病的侵袭。

另外一种就是往下扔大石头砸碎他们的房屋，使他们无力自卫，只好爬进地窖或者洞穴里藏身。如果他们顽固不化，国王就会拿出他最后的办法：让飞岛直接落在他们的头上，将人和房屋一起毁灭。"

"这样太可怕了！"格列佛被这种残忍的做法吓呆了。他想：屠刀瞬间也只能杀死一个人，而这样却可以立刻毁灭整个城市。

老师接着说："不过，国王很少采用这种极端的手段，就是大臣们也不敢建议。因为下面有大臣们自己的产业，要是飞岛落下去，不仅下面的居民会憎恨他们，而且自己的产业也会受到极大的损害。"

其实，国王不敢轻易让飞岛降落下去，还有一个更重要的原因。这是后来一位大臣悄悄告诉格列佛的。他说如果下方的城市有耸立的尖塔或者岩石的话，飞岛突然下落就会受到极大的震动，使底部的金刚石板碎裂，这样就再也飞不起来了。大约三年前的一件事，就差点毁了整个王国。

那一年，国王巡视王国的第二大城市——林达洛因。他离开三天后，一向抱怨高压政策

de dāng dì jū mín jiù guān qǐ chéngmén bǎ zǒng dū zhuā le qǐ lái tóng
的当地居民就关起城门，把总督抓了起来。同

shí tā men yǐ jīng rén de sù dù zài chéng de sì jiǎo jiàn qǐ le sì zuò
时，他们以惊人的速度在城的四角建起了四座

jù tǎ tā men hái zài měi zuò tǎ de dǐngduān ān zhuāng le yí kuài dà
巨塔。他们还在每座塔的顶端安装了一块大

cí shí bìng qiě yù bèi le dà liàng yì rán de rán liào wèi de shì yí
磁石，并且预备了大量易燃的燃料，为的是一

dàn cí shí jì huà shī bài jiù yòng lái shāo liè fēi dǎo de jīn
旦磁石计划失败，就用来烧裂飞岛的金

gāng shí bǎn dǐ zǒng zhī lín dá luò yīn chéngzhōng de jū
刚石板底。总之，林达洛因城中的居

mín zǎo yǐ zuò hǎo le duì kàng guówáng de zhǔn bèi
民早已做好了对抗国王的准备。

guówáng bā gè yuè hòu cái dé zhī lín dá
国王八个 月后才得知林达

luò yīn pàn luàn de xiāo xi yú shì tā
洛因叛乱的 消息。于是，他

下令让飞岛悬浮在林达洛因城市的上空，不让他们享受阳光和雨水。

但是当地居民团结一致，已经储备了足够的粮食；城中还有一条大河，以防止国王断绝他们的水源。当国王放下绳子时，他们不仅不归顺，还要求国王大幅度地减免税收，并允许他们自己选举总督。

国王大怒，命令士兵们往下面抛掷巨石，但是居民们早对国王有所防备，连人带财物一起躲进了那四座尖塔和地窖中。

国王无可奈何，他决心要给那些骄傲的居民一点颜色看看。他命令飞岛向离巨塔不到四十码的空中慢慢降落；但是天文学家很快发现，飞岛像失控似的，急剧下滑。他们立即把这种情况报告给国王，要求把飞岛升高一点。国王点头应允了。

123

当飞岛稳定下来后，一个最有经验的大臣做了一个试验。他取出一根长一百码的结实的绳子，末端系上金刚石，然后往林达洛因的塔顶慢慢下降。不到一会儿，一股强大的力就把绳子往下拖。他又向下扔了几块金刚石，结果全部被吸附在塔顶上。

国王的计划彻底失败，他被迫答应了这个城市的居民提出的要求。

那位大臣还告诉格列佛，如果飞岛那次降得离城市太近就无法再往上升，居民们早就决定将飞岛永远固定之后，就杀死国王和他手下的侍臣，然后彻底来一次革命。也正是这次历险，让国王谨慎了不少，那种将飞岛降落下来的镇压方式也就不再轻易用了。

[英国] 乔纳森·斯威夫特

二十八、拉格多之行

看过了飞岛上稀奇古怪的东西后，格列佛认为他应该离开了，他实在厌倦了岛上这些乏味的人。他们每天都陷入对数学和音乐的沉思中，好像在梦游一样。

宫里有一位大贵族，是国王的近亲。他被公认为最无知、最愚蠢的人，因为他对音乐一窍不通，也不会证明数学上最简单的定理。他从不需要"拍手"，因此被视为"不会思考的人"。其实他为人正直，天分和才识都很高，

ér qiě wèi guówáng lì guò bù shǎo gōng láo tā duì gé liè fó xiāngdāng
而且为国王立过不少功劳。他对格列佛相当

yǒu hǎo yú shì gé liè fó jiù qǐng qiú dà guì zú xiàngguówángshuō
友好。于是，格列佛就请求大贵族向国王说

qíng pī zhǔn tā lí kāi fēi dǎo
情，批准他离开飞岛。

rì gé liè fó gào bié le guówáng hé cháotíng li de rén
26日，格列佛告别了国王和朝廷里的人。

guówángsòng le tā yí fèn jià zhí liǎng bǎi yīngbàng de lǐ wù dà guì zú
国王送了他一份价值两百英镑的礼物，大贵族

yě sòng le tā yí fèn lǐ wù hé yì fēng tuī jiàn xìn
也送了他一份礼物和一封推荐信。

gé liè fó lái dào de zhè kuài dà lù jiào bā ěr ní bā bǐ dū
格列佛来到的这块大陆叫巴尔尼巴比，都

chéng shì lā gé duō yóu yú gé liè fó yǐ jing xué huì le yì kǒu liú
城是拉格多。由于格列佛已经学会了一口流

lì de lè pí tā yǔ suǒ yǐ tā hěn kuài de zhǎodào le dà guì zú de
利的勒皮他语，所以他很快地找到了大贵族的

péngyou jiàomèngnuò dí dāng gé liè
朋友叫孟诺迪。当格列

fó chéngshàng le dà guì zú de tuī
佛呈上了大贵族的推

jiàn xìn hòu mèngnuò dí shí fēn
荐信后，孟诺迪十分

yǒu hǎo de jiē dài le tā
友好地接待了他。

据大贵族说，这位孟诺迪老爷曾担任过几年拉格多政府的行政长官。后来由于内阁的排挤，说他见识低，又没有什么能力，就这样被解职了。

格列佛到达的第二天，孟诺迪就带着他参观这个城市。这个城市大约有伦敦的一半大，房子建得很奇特，可是大多年久失修；街上的人走得很快，穿着破烂的衣服而且双眼呆滞。他们穿过一座城门，走了大约三英里就来到了乡下。格列佛看见很多人拿着各种各样的工具在田里劳作，但是肥沃的土地上却不见一点庄稼。

"冒昧地问一下，这个城里遭受过灾害吗？"格列佛实在不明白，为什么这里的人这么勤劳，却个个像乞丐一样。

孟诺迪没有立即回答格列佛的问题，只是说："你刚来不久，如果你愿意再看看我的乡下住宅，你就明白了。"

第二天一早，孟诺迪就带着格列佛出发了。

一路上还是昨天的情形，但是三个小时后，景色就完全变了。他们走进了一片美丽无比的田野，里面有葡萄园、

麦地和草地；农舍相隔不远，修建得十分整齐。

"这就是你的农庄吗？"格列佛深深地吸了一口气，野外的空气比城里实在清新多了。

"唉，我的住宅也是这样，只怪我太因循守旧了。"孟诺迪说。

很快，马车就穿过田间小路，来到了孟诺迪的房子。

喷泉、花园、小径、大路，树丛、草坪，一切都太美了。

"我准备把它们都拆掉，改造成流行的样式。佃农也要按照流行的方法来耕种……"

"你不是疯了吧？千万别那样！"

"可是不那样的话，国王和周围的人都会嘲笑我无知，没有见识。"

"但是，这样不按规律办事，国王也喜欢吗？"格列佛一想到飞岛上整天陷入沉思的国王，就有些泄气了。真是上行下效啊！

"其实，我也不愿意的，但是这种想入非非的做法正是从飞岛上传下来的。"

孟诺迪说，"大约在四十年前，有人去勒皮他飞岛上住了五个月，带回了一点数学知识，就要进行改革。他们获得了国王的特许，在拉格多建了一所设计家科学院。后来，全国纷纷效仿。教授们鼓吹，他们会设计出新的方法和工具，这样可以一个人干七个人的活儿，七天可以修一座宫殿，地上的果实随时都可以成熟，而且产量是原来的一百倍……"

"这实在让人向往啊！现在他们的研究实现了吗？"

"到目前为止，所有这些计划没有一项完成的，全国上下你也看到了，一片废墟，房屋颓败，老百姓也是食不饱腹，衣不蔽体。"孟诺迪无可奈何地答道。

"这样他们

还可以继续研

究下去吗？"

"他们

不仅没灰

心，相反，

131

在希望与失望的刺激下，他们以更大的热情去实施计划，"孟诺迪说，"其实他们这些人一点进取心都没有，完全照祖辈那套活着，很满足现状。"

"可是，您的庄园种得这么好，难道他们也不从中借鉴点经验吗？"

"我？其实也有一些人效法我的做法，不过像我们这种人最被他们瞧不起了。他们常常对我们冷嘲热讽，还说我们是艺术的敌人，国民中的败类，唉！"

孟诺迪最后一声叹息让格列佛感到了现实的沉重。

[英国] 乔纳森·斯威夫特

二十九、荒诞的拉格多科学院

格列佛虽然觉得设计家科学院的人们荒唐透顶，但他实在佩服他们不屈不挠的研究精神。他决定要去看个究竟，也许还能发现什么新鲜的东西呢！

可是孟诺迪说他实在不能去，因为科学院的人对他印象很坏，认为他只顾自己享受，而不顾国家的前途。

"我真的不适合去那里！"孟诺迪坚决地拒绝了，"不过，我可以找一个向导帮助您。"

然后，孟诺迪告诉格列佛，参观科学院的时候一定要声称很崇拜他们的发明。

其实，这所科学院并不是一座独立的建筑物，而是街道两旁一排年久失修的房子。在这里，格列佛至少参观了五百个房间，每一个房间里都住着一位设计家。

格列佛见到的第一个设计家，据说在做一项从黄瓜里提取阳光的研究。他的双手和脸就像烟一样被熏黑了，人也长得瘦弱不堪，头发胡子都一把长了，而且衣衫褴褛，有几处都被火烤糊了。

"这些瓶子是做什么用的？" 格列佛指着面前一大堆的瓶瓶罐罐问。

"它们是用来密封阳光的，一遇到阴雨的天气，就可以放出来让空气温暖了。"设计家自豪地说。

"是啊，这个主意不错！"格列佛有些兴奋。

"八年，再过八年，我就可以向总督的花园提供阳光了。可是我的原料老是不够，黄瓜价格又那么贵，您有什么可以帮助我或是鼓励我的吗？"

"这是我的一点礼物。"格列佛马上递过一些钱，因为孟诺迪早就告诉过他，设计家通常都会找参观者要钱的。

接着，格列佛走进另一间屋子，

dàn gāng zǒu dào mén kǒu　　jiù bèi yí zhèn cì bí de chòu
但刚走到门口，就被一阵刺鼻的臭

qì xūn le chū lái
气熏了出来。

kuài jìn qù　　　xiàng dǎo xiǎo shēng de cuī
"快进去，"向导小声地催

zhe gé liè fó　　zhè lǐ miàn shì kē xué yuàn
着格列佛，"这里面是科学院

zī gé zuì lǎo de xué zhě　　kě qiān wàn bú yào
资格最老的学者，可千万不要

dé zuì tā　　fǒu zé　　tā men huì hèn nǐ rù
得罪他，否则，他们会恨你入

gǔ de
骨的。"

yú shì　　gé liè fó lián bí zi
于是，格列佛连鼻子

yě bù gǎn dǔ jiù bèi xiàng dǎo lā le
也不敢堵就被向导拉了

jìn qù
进去。

jiào shòu　　tā shì mèng nuò dí
"教授，他是孟诺迪

guì rén de qīn qi　　yīn wèi fēi cháng
贵人的亲戚，因为非常

chóng bài nín de yán jiū　　suǒ yǐ xiǎng
崇拜您的研究，所以想

lái cān guān yí xià
来参观一下。"

huān yíng　　huān yíng　　mǎn shēn
"欢迎，欢迎。"满身

wū huì de lǎo tóu er　lì kè jǐn jǐn
污秽的老头儿立刻紧紧

地拥抱住了格列佛，"这将是十八世纪最伟大的发明！"

"冒昧地问一下，您是做哪方面的研究？"

格列佛小心翼翼地看着教授，害怕他一激动就再来个大拥抱。

教授介绍说，他从科学院建立时就来到这里，已经有四十八个年头了。他主要是研究怎样把人的粪便还原为食物。每星期人们供应他一桶粪便。他的方法是把粪便分成几个部分，然后去除胆汁里的颜色，让臭气蒸发，再把浮着的唾液去除。

格列佛还在这里见到了一位最巧妙的建筑师。他发明

137

了一种建造房屋的新方法，就是自上而下，先从屋顶造起，最后盖地基。

更奇怪的是，有一个天生的瞎子，他的工作是区分不同的颜色，然后为画家调色。他做这项工作靠的是嗅觉和触觉。格列佛看过他调制的颜色，其实根本不怎么样，不过全科学院都对他调制的色彩赞不绝口。

还有用猪耕地，用蜘蛛纺线……这些都让格列佛目瞪口呆。

[英国] 乔纳森·斯威夫特

sān shí kǒng bù de cháo tíng lǐ yí
三十、恐怖的朝廷礼仪

参观完设计家科学院，格列佛对这个只会空想的国家一点兴趣也没有了。在朋友孟诺迪的帮助下，格列佛赶上了一艘开往拉格奈格的海船。因为拉格奈格与日本通好，这样格列佛就可以经过日本回到欧洲了。

在进入拉格奈格海关时，格列佛打听到只有荷兰人才能进入这个王国，于是他隐瞒了自己的国籍，用一口流利的荷兰话通过了海关官员的严格检查。但格列佛却不能马上从这儿

去日本，因为外来人口必须等待国王的召见。

格列佛只好耐心地等着，并找到了一个当地的青年作他的翻译。

两个星期以后，朝廷的传票终于到了。国王的信使郑重地对格列佛说："您将非常荣幸地舔国王凳下的尘土！"

"什么？"

"这是国王的特殊恩典，"年轻的翻译继续说，"一般只有高级官员才能得到。当他被国王召见时，必须一边爬一边舔地上的尘土。但是，如果他当着国王的面抹嘴或者吐痰的话，就会被处以死刑。"

"那我还是舔吧，"

格列佛想，"这毕竟比

处死好。"

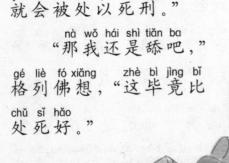

格列佛游记

两天后，格列佛被国王召见。他胆战心惊地趴在地上，一边爬一边舔，不过地上已经打扫得干干净净。格列佛想，这也许是国王对外国人格外开恩吧。

当爬到离国王的宝座不到四码时，格列佛慢慢地抬起身，双膝跪着，对着国王磕了七个响头，然后照着别人教的话大声说，"祝天皇陛下的寿命比太阳还要长十一个半月！"国王回答了一句，格列佛一点也听不懂，但是他按照别人教的话继续说，"我的舌头在我的

141

péng you zuǐ li   yì si shì xī wàng guó wáng kě yǐ yǔn xǔ tā de fān
朋友嘴里。"意思是希望国王可以允许他的翻

yì jìn lái   jiù zhè yàng   tōng guò fān yì   gé liè fó huí dá le guó
译进来。就这样，通过翻译，格列佛回答了国

wáng xǔ duō wèn tí
王许多问题。

　　guó wáng hěn gāo xìng hé gé liè fó zài yì qǐ tán huà   hái shèng qíng
　　国王很高兴和格列佛在一起谈话，还盛情

kuǎn dài le gé liè fó hé tā de fān yì   bìng liú tā men zài wáng gōng
款待了格列佛和他的翻译，并留他们在王宫

li dāi le sān gè yuè
里待了三个月。

[英国] 乔纳森·斯威夫特

三十一、"斯特鲁德不鲁格"的痛苦人生

　　拉格奈格是一个十分慷慨的民族，他们对待异乡人很客气，特别是受到朝廷重视的那些异乡人。因此，格列佛受到了很好的礼遇，也结识了不少的朋友。

　　一天，一个朋友问格列佛："您有没有见过我们的'斯特鲁德不鲁格'？意思是长生不死的人。"

　　格列佛摇摇头问："世上真的有人可以不死吗？"

"有的，京城里就有五十个，估计全国有一千一百个吧。"

"他们有什么特别的地方吗？"

"他们一生下来，额头上就有一个红色的圆点，长在左眉毛的正上方，这就是不死的标记。这个圆点大约有一枚三便士的银币那么大，而且会随着时间不断地变色、变大。长到十二岁时，它就变成绿色；二十五岁时，它就变成深蓝色；四十五岁时，渐渐变成煤黑色，有一枚英国的先令那么大，以后就不再变了。"

"啊，你们真是一个幸运的民族，不用担心死亡是多么令人向往的事！"格列佛兴奋地

说，"要是我也是'斯特鲁德不鲁格'该多好啊！"

朋友沉默了一下，问道，"要是你是'斯特鲁德不鲁格'，你将如何来安排你的生活呢？"

"那好办。第一，我要发财致富。靠着勤俭节约和苦心经营，大约两百年后，我就可能成为全王国最富有的人了。第二，我从小就喜欢艺术和科学研究，如果能长生，有了足够的时间之后，我在学问上就可以超过所有的人。最后，我将用我的一生来见证历史，成为民族的先知。这该是多么荣耀的事啊！"格列佛

越说越兴奋，"六十岁后，我将不再结婚，我会去培养有希望的青年，我会把我的财产用来救济穷人，我会找到和我一样长生的朋友，我还会看见自己的预言变成现实……"

"你没有见过真正的'斯特鲁德不鲁格'！否则，你不会这么想。"朋友略带嘲笑地看着格列佛说，"大约在三十岁以前，他们和一般的普通人没有什么两样，之后就一点点地变得忧郁和沮丧。到八十岁的时候，他们就具备了其他老人所有的毛病和荒唐行为。他们性情顽固、暴躁、贪婪、忧郁、愚蠢、爱唠叨……他们嫉妒年轻人拥有无穷无尽的活力，他们羡慕死人有一片安息的土地。"

hái yǒu péngyǒu jì xù shuō tā men nián
“还有，”朋友继续说，“他们年

mǎn bā shí suì fǎ lǜ shang jiù rèn wéi sǐ wáng tā men
满八十岁，法律上就认为死亡。他们

de cái chǎn jiāng bèi hòu dài jì chéng zhǐ liú xià yì diǎn diǎn qián
的财产将被后代继承，只留下一点点钱

lái wéi chí tā men pín qióng de shēng huó jiǔ shí suì yǐ shàng
来维持他们贫穷的生活。九十岁以上，

tā men de yá chǐ tóu fa huì quán bù tuō luò tā men méi yǒu
他们的牙齿、头发会全部脱落；他们没有

wèi kǒu tā men de jì yì lì yuè lái yuè chà lián qīn rén de
胃口；他们的记忆力越来越差，连亲人的

míng zi yě bú jì de tā men kàn shū shí kàn dào hòu yí
名字也不记得；他们看书时，看到后一

gè jù zi jiù wàng le qián yí gè jù zi tā men shèn zhì
个句子就忘了前一个句子；他们甚至

wú fǎ hé bié rén jiāo liú yīn wèi měi yí gè shí dài
无法和别人交流，因为每一个时代

de yǔ yán dōu zài bú duàn de biàn huà tā men
的语言都在不断地变化；他们……

rén rén dōu qīng shì tòng hèn shēng xià tā men
人人都轻视痛恨生下他们

lái rèn wéi zhè shì bù xiáng zhī zhào
来，认为这是不祥之兆。”

zhè xiē cháng shēng bù sǐ
这些长生不死

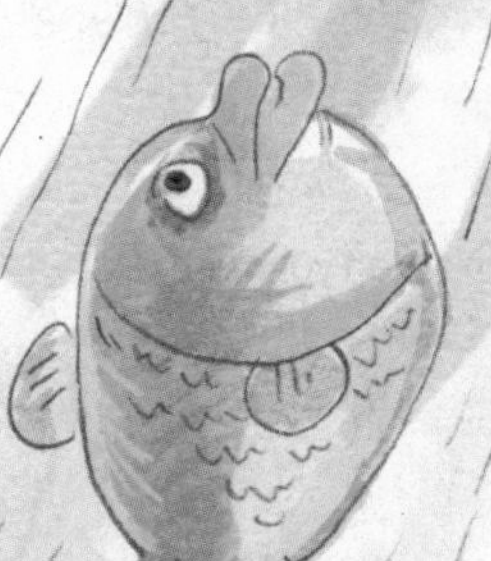

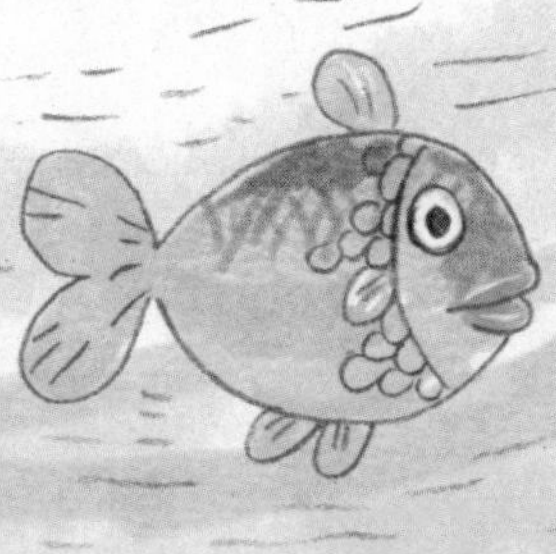

de rén zài shēnghuózhōng zhǐ shì bié rén de xiàobǐng jì de yǒu yí cì
的人在生活中只是别人的笑柄。记得有一次，

guówáng yě bù zhī cóng nǎ tīngshuō le gé liè fó hé péngyou de nà cì
国王也不知从哪听说了格列佛和朋友的那次

tán huà hòu lái gé liè fó zhēn de jiàn dào le wǔ liù shí gè bù tóng
谈话，后来，格列佛真的见到了五六十个不同

shí dài de sī tè lǔ dé bù lǔ gé tā men de jìngkuàng qí shí
时代的"斯特鲁德不鲁格"，他们的境况其实

bǐ gé liè fó péngyou xù shù de gèngcǎn ò tā men shì wǒ zhè
比格列佛朋友叙述的更惨。"哦，他们是我这

bèi zi jiàn dào de zuì kě lián de rén le gé liè fó xiǎng rú guǒ
辈子见到的最可怜的人了！"格列佛想，"如果

kě yǐ xuǎn zé wǒ yǒngyuǎn yě bú zuò sī tè lǔ dé bù lǔ gé
可以选择，我永远也不做'斯特鲁德不鲁格'。"

guówáng jiù dé yì yángyáng de wā kǔ zhe gé liè fó
国王就得意洋洋地挖苦着格列佛：

wǒ sòng nǐ yí duì sī tè lǔ dé bù lǔ gé ba zhè yàng
"我送你一对'斯特鲁德不鲁格'吧，这样

nǐ men de rén mín jiù zài yě bú huì hài pà sǐ wáng le
你们的人民就再也不会害怕死亡了！"

[英国]乔纳森·斯威夫特

三十二、告别拉格奈格

　　1709年5月6日，格列佛告别了国王和他的朋友们。后来，他到达了日本，经过长途跋涉又到达了长崎。在长崎，他遇到了一群荷兰水手，跟着他们乘船去了阿姆斯特丹。

　　1710年4月10日，格列佛终于进入唐兹锚地，回到了阔别五年零六个月的祖国。

[英国] 乔纳森·斯威夫特

sān shí sān　　shén qí de mǎ guó
三十三、神奇的马国

xǐ huan háng hǎi de gé liè fó　zài jiā li jǐn jǐn dāi le wǔ gè
喜欢航海的格列佛，在家里仅仅待了五个
yuè　jiù yòu jué dìng chū hǎi le　zhè yí cì　tā shì yìng yāo dào zài
月，就又决定出海了。这一次，他是应邀到载
zhòng sān bǎi wǔ shí dūn de　mào xiǎn hào　dà shāng chuán shang dān rèn chuán
重三百五十吨的"冒险号"大商船上担任船
zhǎng　dài yù shí fēn yōu hòu
长，待遇十分优厚。

　　nián yuè rì　mào xiǎn hào　zài pǔ cí máo sī qǐ háng
1710年8月7日，"冒险号"在朴茨茅斯起航。
yóu yú hǎi shang de qì hòu hěn è liè　méi guò duō jiǔ　chuán shang
由于海上的气候很恶劣，没过多久，船上
de jǐ míng shuǐ shǒu jiù huàn rè bìng sǐ le　gé liè fó bù dé bù ràng
的几名水手就患热病死了。格列佛不得不让
chuán zàn shí tíng liú zài bā bā duō sī hé bèi fēng qún dǎo　yǐ biàn zhāo
船暂时停留在巴巴多斯和背风群岛，以便招
mù xīn shuǐ shǒu　dàn shì　tā hěn kuài jiù hòu huǐ le　yīn wèi tā fā
募新水手。但是，他很快就后悔了，因为他发

现这些水手大部分都是海盗。

一天，格列佛正在船长室里休息，忽然，几名水手持枪闯了进来。

"不许动，船长先生！"

"你们？……"格列佛的手脚立刻就被死死地捆住了。

格列佛知道海盗生性凶残，越是反抗死得就越快。于是，他决定先假装顺从。

"只要不杀我，我决不反抗。"

"这还差不多。你最好老老实实地待在舱里，否则就毙了你！"一个海盗恶狠

151

hěn de shuō
狠地说。

jiē xià lái de rì zi gé liè fó bèi ruǎn jìn zài chuáncāng li
接下来的日子，格列佛被软禁在船舱里，

duì wài mian fā shēng de shì
对外面发生的事

qíng yí gài bù zhī
情一概不知。

yì tiān yí gè jiào
一天，一个叫

zhān mǔ sī wēi ěr qì
詹姆斯·威尔契

de rén dài zhe jǐ gè shuǐ
的人带着几个水

shǒu lái dào le chuáncāng
手来到了船舱

li tā yòngqiāng zhǐ zhe
里。他用枪指着

gé liè fó shuō
格列佛说：

kuài chuānshàng nǐ zuì hǎo de yī fu
"快，穿上你最好的衣服！"

gé liè fó kǒng jù jí le
格列佛恐惧极了：

nǐ nǐ menxiǎnggàn shén me
"你，你们想干什么？"

shǎo luō suō gēn zhe wǒ men zǒu
"少啰嗦，跟着我们走！"

hěn kuài gé liè fó jiù lái dàochuánxián biān le hǎi dào men dài
很快，格列佛就来到船舷边了。海盗们带

zhe tā shàng le yì sōuchángshānbǎn huá le jiāng jìn yì hǎi lǐ de shí
着他上了一艘长舢板。划了将近一海里的时

152

hou tā men lái dào le yí gè qiǎn tān
候，他们来到了一个浅滩。

ná zhe nǐ de dōng xi kuài gǔn xià qù ba yí gè hǎi dào
"拿着你的东西快滚下去吧！"一个海盗

tuī le gé liè fó yì bǎ
推了格列佛一把。

zhè zhè shì nǎ wǒ huì è sǐ de
"这，这是哪？我会饿死的！"

shǎo fèi huà zhè shì chuánzhǎng de mìng lìng nǐ hái shì qǐ qiú
"少废话！这是船长的命令。你还是乞求

shàng dì bǎo yòu nǐ ba shuō zhe yì qún rén yángcháng ér qù
上帝保佑你吧。"说着，一群人扬长而去。

gé liè fó jiù zhè yàng bèi hǎi dào yí qì zài yí gè mò shēng de
格列佛就这样被海盗遗弃在一个陌生的

huāngdǎoshang le
荒岛上了。

[英国] 乔纳森·斯威夫特

三十四、遭遇"野胡"

格列佛一个人漫无目的地走着。最后,他在一片沙滩上坐了下来,借机看看周围的环境。

这儿长着许多树木,野草遍地,也有几块燕麦地。一条大路上,明显有人走过的痕迹,还有牛、马等动物的蹄印。

突然,有几只形状非常奇特、丑陋的动物,向格列佛所在的地方走了过来。格列佛赶紧把自己藏在了灌木丛中。

这些动物没有尾巴,皮肤全部呈浅褐色。

tā men de tóu shang xiōng qián bèi bù hé tuǐ shang dōu zhǎng zhe cháng ér hòu
它们的头上、胸前、背部和腿上都长着长而厚
de máo hái zhǎng zhe xiàng shān yáng yí yàng de hú zi dàn shēn tǐ de qí
的毛，还长着像山羊一样的胡子，但身体的其
tā bù fen què háo wú zhē yǎn
他部分却毫无遮掩。

tā men yí huì er zuò xià yí huì er tǎng zhe yǒu shí yě yòng
它们一会儿坐下，一会儿躺着，有时也用
hòu tuǐ zhàn lì pá qǐ shù lái xiàng sōng shǔ yí yàng
后腿站立，爬起树来，像松鼠一样
mǐn jié qí zhōng mǔ
敏捷。其中，母
de bǐ gōng de xiǎo yì xiē
的比公的小一些。
gōng shòu hé mǔ shòu de máo fà
公兽和母兽的毛发
dōu yǒu jǐ zhǒng yán sè yǒu
都有几种颜色，有
zōng sè de yǒu huáng sè de
棕色的、有黄色的、
yǒu hóng sè de yǒu hēi sè de
有红色的、有黑色的。

gé liè fó cóng lái méi yǒu jiàn guò zhè me nán kàn de dòng wù biàn
格列佛从来没有见过这么难看的动物，便
jué dìng zǒu kāi qù xún zhǎo yì jiān yìn dì ān rén jū zhù de xiǎo wū méi
决定走开去寻找一间印第安人居住的小屋。没
zǒu duō yuǎn tā què bèi yì zhī zhè yàng de dòng wù yíng miàn lán zhù le
走多远，他却被一只这样的动物迎面拦住了。
nà zhī dòng wù zuò chū gè zhǒng guǐ liǎn zhēng dà yǎn jing dīng zhe gé liè fó
那只动物做出各种鬼脸，睁大眼睛盯着格列佛
kàn bìng jǔ qǐ le qián zhuǎ gé liè fó gǎn jǐn bá chū yāo dāo yòng
看，并举起了前爪。格列佛赶紧拔出腰刀，用

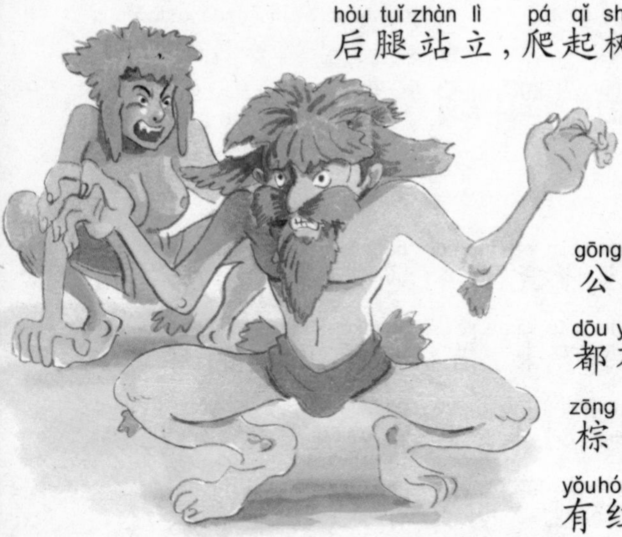

dāo bèi duì zhe tā hěn hěn de dǎ le yí xià　　nà shēngchù mǎ shàng dà
刀背对着它狠狠地打了一下。那牲畜马上大

hǒu le yì shēng　　yú shì sì shí duō gè zhè yàng de guàishòu jiù cóng tián
吼了一声，于是四十多个这样的怪兽就从田

li　shù lín li pǎo le guò lái　bǎ gé liè fó tuántuán wéi zhù
里、树林里跑了过来，把格列佛团团围住。

zhèng zài wēi jí shí kè　guàishòumen què tū rán pǎo kāi le　gé
正在危急时刻，怪兽们却突然跑开了。格

liè fó yǐ wéi lái le yí gè gèng lì hai de guàishòu　biàn jǐn zhāng de xiàng
列佛以为来了一个更厉害的怪兽，便紧张地向

shēnhòu kàn qù　zhǐ jiàn yì pǐ huī bái sè de mǎ　zhèngcóng tián li màn
身后看去，只见一匹灰白色的马，正从田里慢

màn de zǒu lái
慢地走来。

yuán lái tā men pà mǎ
原来它们怕马？

nà pǐ mǎ zǒu dào gé liè
那匹马走到格列

fó de gēnqián　chī le yì jīng
佛的跟前，吃了一惊，

dàn hěn kuài jiù zhèn dìng xià
但很快就镇定下

lái　rán hòu tā kāi shǐ
来。然后它开始

duānxiáng gé liè fó de liǎn
端详格列佛的脸。

gé liè fó zhèngyào gǎn lù
格列佛正要赶路，

mǎ què lán zhù le tā　yàng
马却拦住了他，样

zi shí fēn wēnshùn　sī háo méi yǒushānghài tā de yì si
子十分温顺，丝毫没有伤害他的意思。

格列佛大着胆子走上前去，摆出一副骑师驯服野马常用的姿势，嘴里吹着口哨，伸手抚摸它的脖子。但是，马好像不太接受这种礼节。它晃了晃脑袋，然后轻轻抬起右前蹄，将格列佛的手拨开了。接着它又长嘶了三四声，像是在自言自语。

当格列佛正和它相持不下时，又有一匹栗色马走了过来。它很有礼貌地走到第一匹马跟前，互相轻轻碰了一下右前蹄，相对嘶叫了几声。然后

它们走开了几步，好像在商量什么，但又时不时地看看格列佛，怕他逃跑似的。

格列佛对它们的举动十分惊讶，看上去它们像人一样有理智。格列佛怀疑自己是不是碰上了两个变形的魔法师，于是他走上前去说：

"尊敬的魔法师，我只是可怜的英国人，不幸漂流到这座岛上。我请求你们把我带到一

户人家或者一座村庄上去，那样我就有救了。我会用我的腰刀和手镯来报答你们。"

两匹马一动不动，好像在认真地听。然后，

它们又嘶鸣了半天，似乎又开始了一本正经的谈话。

从它们的叫声中，格列佛不断听到"野胡"这个词。于是，格列佛尽量模仿马的叫声，叫着："野胡、野胡……"

它们听了很惊讶。灰色马又把这个词重复了两遍，似乎在纠正格列佛的发音。

接着，那四栗色马又教格列佛念了第二个词，听发音好像是"慧"，格列佛很快就学会了。

两匹马又讲了半天，然后栗色马走开了。灰色马走在格列佛的前面，对他嘶叫了一声，似乎要格列佛跟着他走。

160

[英国] 乔纳森·斯威夫特

三十五、"慧"之家

　　大约走了三英里后，他们来到一座长房子面前。那座房子是先用木材插在地上，再用枝条编织而成的。

　　"谢天谢地，总算可以见到人了。"格列佛赶紧拿出身上的玩具，希望房主收到礼物后可以好好地款待他。

　　"喂，请问里面有人吗？"格列佛轻轻地敲敲门，房门没有锁。

　　灰马对格列佛客客气气地做了一个请的姿

 161

势，示意他先进去，格列佛没有拒绝。

这是一间很大的房间，光光的泥土地面，一边是整整一排草架和食槽。房间里有三匹小马和两匹母马，都屁股着地坐在那儿，这让格列佛非常惊奇；更让格列佛摸不着头脑的是，还有几匹马竟然在做家务活。灰色的马以一种威严的姿态对它们叫了几声，它们也抬起头回答了几声。

除了这间房以外，房子的尽头还有另外三间，通过相向的三扇门把房间连在一起，就像一条街道。格列佛跟着灰马向第三个房间走去。这时灰马先走了进去，然后示意格列佛在门外等候。

"这里面住的一定是马的主人。"格列佛一边等着，一边拿出送给主人和主妇的礼物：两把小刀，三只假珍珠手镯，一面小镜子和一串珠子项链。

几分钟后，灰马走了出来。它抬起右蹄做了个"请"的姿势，示意格列佛跟着它进去。

这间房和第一间的摆设一样，只是更加雅致。房间里没有一个人，格列佛看见两匹漂亮的小马，

163

yì pǐ gōng de hé yì pǐ mǔ de dūn zuò zài zhěng jié gān jìng de cǎo xí
一匹公的和一匹母的，蹲坐在整洁干净的草席

shang
上。

gé liè fó jìn rù fáng jiān hòu bù jiǔ nà pǐ mǔ mǎ jiù cóng cǎo
格列佛进入房间后不久，那匹母马就从草

xí shang zhàn le qǐ lái tā zǒu dào gé liè fó de gēn qián zǐ zǐ xì
席上站了起来。它走到格列佛的跟前，仔仔细

xì de bǎ gé liè fó de shǒu hé liǎn dǎ liang yì fān hòu jìng lù chū qīng
细地把格列佛的手和脸打量一番后，竟露出轻

miè de yǎn shén jiē zhe tā zhuǎn guò tóu hé huī mǎ jiāo tán qǐ lái yí
蔑的眼神。接着它转过头和灰马交谈起来，一

zài shuō qǐ yě hú zhè ge cí huī mǎ cháo gé liè fó diǎn dian tóu
再说起"野胡"这个词。灰马朝格列佛点点头，

yòu xiàng gāng cái zài lù shang yí yàng hùn hùn le jǐ shēng jiù zǒu chū
又像刚才在路上一样"混、混"了几声，就走出

mén qù gé liè fó lì kè gēn le guò qù
门去；格列佛立刻跟了过去。

164

[英国] 乔纳森·斯威夫特

三十六、格列佛
与"野胡"

推开第二间房的后门,他们来到了一个院子里。格列佛看见院子的横木上拴着三只丑陋的牲畜,和他上岸时看到的一模一样。它们正用两只前爪撕扯着树根和兽肉,脖子上系着结实的枝条。

马主人吩咐它的一名仆人(一匹栗色的小马),将最大的一头解下来牵到院子里。当格列佛和那野兽紧挨着排在一起后,主仆二马就开始仔细地比较起他们的面貌来。

165

"天哪，这个可恶的畜牲竟然也是个人！"

格列佛发现这一点后，简直恐惧得无法形容。

那野兽的脸又扁又宽，塌鼻子，厚嘴唇，大

嘴巴。它除了前爪指甲长，手掌粗糙，颜色棕

黄，全身长了长毛外，基本上和格列佛相似。

由于格列佛穿了衣服，这使他和身边的"人"

看起来大不相同。

这也是让两匹马

疑惑不解的地方，

因为它们根本就

没有衣服的概念。

栗色小马用它的

蹄子夹了一段树根

给格列佛。格列佛

接过来，闻了闻，然后又十分礼貌地还给了它。

栗色小马又拿过来一块臭味熏人的死驴肉，格

列佛还是不吃；于是它扔给了"野胡"，这驴肉

立刻就被抢光了。

"你究竟要吃什么？"马主人把前蹄放在

嘴边，又做了别的一些姿势。

这时，从旁边刚好走过去一头母牛。格列

佛指指它，表示自己要喝牛奶。

马主人把格列佛带回家，吩咐一个做仆人

的母马打开房间，里面整整齐齐、干干净净地

存放着大量用陶盆和木盆装着的牛奶。母马

给格列佛倒了满满一大碗，格列佛十分痛快地

hē xià qù   dùn shí jīng shén dà zhèn
喝下去，顿时精神大振。

gé liè fó de cōng míng hé lǐ mào ràng mǎ zhǔ rén shí fēn mǎn yì
格列佛的聪明和礼貌，让马主人十分满意。

mǎ zhǔ rén rèn wéi tā yǒu yì diǎn diǎn mǎ de zhì huì bìng qiě hé qí tā
马主人认为他有一点点马的智慧，并且和其他

āng zāng tān lán de yě hú wán quán bù yí yàng yú shì bǎ tā dài
肮脏、贪婪的"野胡"完全不一样，于是把他带

dào yì jiān dān dú de fáng zi li
到一间单独的房子里。

chī fàn de shí hou mǎ zhǔ rén yòu jiāo gěi tā niú nǎi shuǐ huǒ
吃饭的时候，马主人又教给他牛奶、水、火、

yàn mài děng dōng xi de míng chēng hòu lái gé liè fó jué dìng shè fǎ
燕麦等东西的名称。后来，格列佛决定设法

bǎ yàn mài zuò chéng miàn bāo zuò chū lái zhī hòu tā dà duō jiù yǐ
把燕麦做成面包。做出来之后，他大多就以

miàn bāo wéi zhǔ shí yǒu shí yě cǎi jí xiē yě cài huò zhě dǎ yì liǎng
面包为主食，有时也采集些野菜，或者打一两

zhī tù zi hé xiǎo niǎo shǐ zì jǐ zài dǎo shang bú zhì yú è sǐ
只兔子和小鸟，使自己在岛上不至于饿死。

[英国] 乔纳森·斯威夫特

三十七、与"慧"的辩论

　　格列佛非常认真地学习它们的语言，马主人一家和仆人也乐意指导他，特别是那匹栗色小马给他的帮助最大。

　　它们说话主要是用鼻音和喉音，就格列佛所知道的欧洲语言来说，它们的语言和高地荷兰语或者德语相似，不过要文雅得多，含义也非常丰富。查尔斯五世就说过，他要是同他的马说话，一定会用高地荷兰语。

　　大约过了三个月，格列佛勉强能够回答马

zhǔ rén tí chū de wèn tí le
主人提出的问题了。

nǐ hé bié de yě hú bú tài yí yàng nǐ cóng nǎ li lái
"你和别的'野胡'不太一样。你从哪里来
de
的？"

wǒ lái zì yí gè yáoyuǎn de dì fang zuò zhe yì zhǒngjiào zuò
"我来自一个遥远的地方，坐着一种叫做
chuán de jù dà róng qì piāoyángguò hǎi lái dào zhè li gé
'船'的巨大容器，飘洋过海来到这里。"格
liè fó biānshuōbiān bǐ hua zhechuán de yàng zi
列佛边说边比划着船的样子。

nǐ kěn dìngnòngcuò le hǎi de nà biān zěn
"你肯定弄错了，海的那边怎
me huì yǒu guó jiā yì qúnshēngchù yòu zěn me néng
么会有国家？一群牲畜又怎么能
zào chū zài hǎi shang piāo de róng qì ne wǒ men
造出在海上漂的容器呢？我们
huì dōu zuò bu dào
'慧'都做不到。"

huì zài tā men de yǔ yánzhōng shì
"慧"在它们的语言中是
mǎ de yì si yuán yì shì dà zì rán
马的意思，原意是"大自然
zhōng de jìn shàn jìn měi zhě
中的尽善尽美者"。

zhēn shì duì mǎ tán qín gé liè
真是对马弹琴！格列
fó yì shí yě nán yǐ jiě shì qīng chu
佛一时也难以解释清楚。
yú shì tā gào su mǎ zhǔ rén zì jǐ de
于是他告诉马主人，自己的

yǔ yán hái bú gòu shú liàn　xī wàng yǐ hòu zài tǎo lùn zhè xiē fù zá de
语言还不够熟练，希望以后再讨论这些复杂的

shì er
事儿。

　　jīng guò zhè cì tán huà　mǎ zhǔ
　　经过这次谈话，马主

rén gèng jiā zhòng shì gé liè fó zhè zhī
人更加重视格列佛这只

yǒu lǐ xìng de dòng wù　tā jīng cháng
有理性的动物。它经常

huā jǐ gè xiǎo shí lái nài xīn de jiāo gé liè fó yǔ yán
花几个小时来耐心地教格列佛语言。

yǒu shí hou　jiā li lái le mǎ guì zú　tā huì ràng gé liè
有时候，家里来了马贵族，它会让格列

fó cān yù tā men de tán huà　zhè ràng lái fǎng de mǎ guì
佛参与它们的谈话。这让来访的马贵

bīn men hěn bù mǎn　yīn wèi dī liè chǒu lòu de　yě hú
宾们很不满，因为低劣丑陋的"野胡"，

shì bú pèi hé yǒu lǐ xìng de　huì　zuò zài yì qǐ de
是不配和有理性的"慧"坐在一起的。

　　zhè yàng guò le wǔ gè yuè hòu　gé liè fó
　　这样过了五个月后，格列佛

yǐ jing kě yǐ zì yóu de hé mǎ zhǔ rén men jiāo
已经可以自由地和马主人们交

liú le　gé liè fó gào su mǎ zhǔ rén　zài
流了。格列佛告诉马主人，在

tā men de guó jiā zhōng　rén lèi shì wéi yī
他们的国家中，人类是惟一

de tǒng zhì zhě　yě shì wéi yī yǒu lǐ
的统治者，也是惟一有理

xìng de dòng wù
性的动物。

171

"格列佛，你的国家有没有马？它们一般都干些什么？"

格列佛很感谢马主人没有再称呼他"野胡"。他说：

"我们国家的马很多。夏天，它们在田野里吃草；冬天，就养在房子里吃干草和燕麦。还有专人为它们擦身子、梳棕毛、喂食料和铺床。"

"我非常明白你的话，"马主人说，"很明显，在你们的国家中，不论'野胡'自以为多么有理性，'慧'还是你们的主人，你们还是必须为'慧'工作。我希望我们国家的'野胡'也能像你们那样驯良。"

"但是,"格列佛觉得马主人完全误解了,"我将说出真实的情况,请您不要恼怒。我承认马的力量、速度远远超过其他动物,这也正是我们喂养它的原因。我们需要马从事拉车、比赛等活动,一直到跌断了腿或者病倒,它们都会受到很好的照料。当它们死后,我们会剥下马皮高价出售,马肉则丢给狗和猛禽吃掉。我们还给马做了缰绳、马鞍、马鞭、马刺等各种马具,这样骑在马上面会更加安全。我们……"

"住嘴!"

173

mǎ zhǔ rén dà fā pí qi　　　nà xiē liè děng de　yě hú　zěn me gǎn
马主人大发脾气，"那些劣等的'野胡'怎么敢

qí zài wǒ men　huì　de shēnshang　wǒ men zuì chán ruò de pú rén yě
骑在我们'慧'的身上！我们最孱弱的仆人也

néng bǎ zuì qiángzhuàng de　yě hú　dǎ fān zài dì　huò zhě tǎng xià lái
能把最强壮的'野胡'打翻在地，或者躺下来

zài dì shang dǎ gè gǔn yě néng bǎ nà xiē chùshēng yā sǐ
在地上打个滚也能把那些畜牲压死。"

jǐ tiān hòu　wēn hé de mǎ zhǔ rén jiàn jiàn píng xī le nù qì
几天后，温和的马主人渐渐平息了怒气。

zhè tiān　　tā yòuxiàng gé liè fó wèn qǐ qí mǎ de shì
这天，它又向格列佛问起骑马的事。

gé liè fó chén mò le yí huì er　shuō　　wǒ men de mǎ　cóng
格列佛沉默了一会儿，说："我们的马，从

sān sì suì qǐ jiù jiē shòuxùn liàn　yīn cǐ xìngqíng hěn wēnshùn　　tā shí
三四岁起就接受训练，因此性情很温顺。"他实

zài bù gǎn gào su mǎ zhǔ rén　rén lèi shì yòng hěn hěn de biān dǎ　huò
在不敢告诉马主人，人类是用狠狠地鞭打，或

zhě bǎ gōng mǎ yān gē děngcán rěn de shǒu fǎ　lái shǐ yě mǎ xùn fú de
者把公马阉割等残忍的手法来使野马驯服的。

174

[英国] 乔纳森·斯威夫特

三十八、丑陋的"野胡"

为了使马主人接触到更加先进的思想，格列佛详细地讲述了大英帝国公正、完整的法律体系。可是，马主人认为法律是不道德的。它说："既然你们的'野胡'具有理性，就可以自我约束。至于那些律师呢？他们只不过是颠倒是非、专门敲诈钱财的不法之徒。"

为了说明为什么体格不太健壮的"野胡"比"慧"强大，格列佛又详细介绍了战争中先进的杀伤性武器。没想到，这使马主人更加鄙

shì gé liè fó de tóng lèi le
视格列佛的同类了。

yuán lái nǐ men de　yě hú　hé zhè li de　yě hú　shì chà
"原来你们的'野胡'和这里的'野胡'是差

bu duō de　yí yàng de hù xiāng chóu hèn　jí dù　tā men ǒu rán dé
不多的，一样的互相仇恨、嫉妒。它们偶然得

dào yì diǎn diǎn lǐ xìng　què biàn de gèng huài
到一点点理性，却变得更坏。"

kàn kan zhè ge　mǎ zhǔ rén ná chū yí kuài yǒu guāng zé de shí
"看看这个，"马主人拿出一块有光泽的石

tou shuō　yě hú men fēi cháng xǐ huan zhè zhǒng shí tou　tā men jīng cháng
头说，"野胡们非常喜欢这种石头。它们经常

zài tǔ li wā shàng yì zhěng tiān　rán hòu qiāo qiāo de yùn huí qù cáng zài
在土里挖上一整天，然后悄悄地运回去藏在

zì jǐ de wō li　ér qiě yì biān cáng　hái yào yì biān sì chù zhāng wàng
自己的窝里；而且一边藏，还要一边四处张望，

shēng pà qí tā de　yě hú　fā xiàn tā de bǎo bèi　kě shì wǒ shí
生怕其他的'野胡'发现它的宝贝。可是我实

zài bù míng bai zhè xiē shí tou yǒu shén me yòng
在不明白这些石头有什么用？"

176

"这是金子，用它可以买到一切！"

但这是"慧"们所无法理解的。它们没有货币，如果谁家遇上了灾害，没有草料和燕麦，其余的家庭就一定会慷慨地救济它们。它们甚至会把自己的子女送给没有后代的家庭。

"我曾经做过一个试验。"马主人继续说，"有一次，我悄悄地把一只'野胡'藏在窝里的石头搬走。结果，那个畜牲像发疯了一样，每天不吃不睡，还对别的'野胡'又撕又咬。后来，我叫仆人把那些石头放了回去，那只'野胡'发现后，马上就变得温和了，并更加小心地把石头埋到另一

gè yǐn bì de dì fang
个隐蔽的地方。"

cóng mǎ zhǔ rén de yán yǔ li   gé liè fó tīng dào le   yě hú
从马主人的言语里，格列佛听到了"野胡"

de yí dà duī máo bìng
的一大堆毛病。

yě hú   yǒu yì zhǒng guài pí qì   zhǔn bèi de shí wù bù chī
"野胡"有一种怪脾气，准备的食物不吃，

què xǐ huan tōu zhe   qiǎng zhe chī
却喜欢偷着、抢着吃；

yě hú   men huì méi yǒu yuán yīn de dà dǎ yì cháng
"野胡"们会没有原因地大打一场；

yě hú   men hái huì tuán tuán wéi zhù yí gè wài lái de   yě
"野胡"们还会团团围住一个外来的"野

hú   shí ér yì lùn   shí ér lěng xiào   zuì hòu miè shì de lí kāi
胡"，时而议论，时而冷笑，最后蔑视地离开。

yě hú
"野胡"……

178

[英国] 乔纳森·斯威夫特

三十九、衣服的秘密

　　和高尚的"慧"们相处久了，格列佛也非常讨厌"野胡"。为了使自己看上去和其他的"野胡"不一样，格列佛从不在马主人一家的面前脱下衣服。每天晚上，格列佛都是等全家入睡后，再脱下衣服盖在身上休息，然后第二天一早就赶紧穿上。可是因为一次意外，这个秘密还是暴露了。

　　这天一大早，马主人派栗色小马找格列佛有事。小马进来时，格列佛睡得正香；他的衣

fu luò zài yì biān shēn tǐ yě lù le chū lái
服落在一边，身体也露了出来。

gé gé zhǔ rén zhǎo nǐ xiǎo mǎ hài pà de shuōhuà dōu
"格、格……主人找你。"小马害怕得说话都

zài fā dǒu
在发抖。

zāo le tā men yí dìng huì bǎ wǒ dàngzuò yì zhī zhēnzhèng de
"糟了，它们一定会把我当作一只真正的

yě hú gé liè fó jué de hěn xiū chǐ
'野胡'。"格列佛觉得很羞耻。

guǒ rán mǎ zhǔ rén yí jiàn dào gé liè fó jiù pán wèn qǐ lái
果然，马主人一见到格列佛就盘问起来。

nǐ wèi shén me shuì jiào de shí hou hé qí tā de shí hou bù tóng
"你为什么睡觉的时候和其他的时候不同？"

nǐ de shēnshangwèi shén me yǒu de dì fang bái yǒu de dì fang
"你的身上为什么有的地方白，有的地方

huáng hái yǒu de dì fang shì zōng sè de
黄，还有的地方是棕色的？"

nán dào shuō nǐ yě shì yì
"难道说你也是一

zhī zhēnzhèng de yě hú
只真正的'野胡'？"

……

180

格列佛再也伪装不下去了。

"尊敬的马主人，我感到万分的惭愧。为了让你们不至于鄙视我，所以我隐瞒了衣服的秘密。其实在我们的国家，人们都是穿衣服的。那里天气很冷，我们需要衣服来御寒，就像你们冬天会长出厚厚的鬃毛一样；我们还需要衣服来遮住身体，因为露出身体来是件很羞耻的事情。"

马主人似乎不太理解："身体是大自然赐予我们的东西，为什么要把它藏起来呢？"

［英国］乔纳森·斯威夫特

四十、告别马国

那次衣服的秘密暴露后，马主人并没有责怪格列佛，因为它对格列佛的印象一直很好，认为他和其他的"野胡"不一样。格列佛不再需要伪装或者欺骗了，他在精神上十分地愉快。而且在马国人们的高尚品德的感染下，格列佛不再担心朋友的陷害和背叛，也不需要在大人物面前摇尾乞怜了。总之，这里只有美好，没有丑恶。

可是，这天一大早，马主人就把格列佛叫

了去，脸色不大好看。

"亲爱的格列佛，我恐怕——恐怕必须送你走了。"它为难地说。

"为什么？我非常喜欢这里。"格列佛呆住了。

"我知道你是一只很好的'野胡'，但是，国王已经下命令了，"马主人非常沉重地说，"上次在全国代表大会上，我受到了代表们的一致指责。它们认为我不应该像对待'慧'一样来招待一只'野胡'，这种行为违反了自然和理性。"

"这……我……"格列佛悲伤得一句话也说不出来。

很快，离别的时候到了。在马主人一家的帮助下，格列佛造了一艘印第安式的小艇，做了四支桨，然后用一张"野胡"皮缝了一面帆。

在艇上，格列佛带了一些熟兔肉、鸟肉，还带了两个容器，一个盛水，一个盛奶。在栗色小马的监督下，四只"野胡"把小艇慢慢地拖到了海边。

格列佛伤心地离开了小岛。他在大海上漫无方向地漂流着，寻找着回家的路。